김혜정 장편소설

오백 년째 열다섯 2
✳ 구슬의 무게

위즈덤하우스

| 차례 |

이가을

"야호랑도 인간도
모두 지켜 낼 거야!"

야호족과 호랑족의 오랜 전쟁을 끝낸
최초 구슬의 주인.

유신우

"네가 생각하는 것보다
더 너를 좋아해!"

가을이 처음으로
자신의 정체를 직접 밝힌 사람.

김유정

"고작 백 년도 못 사는 인간은
나 못 이겨."

가을과 비슷한 시기에 호랑이 되어
오백 년째 짝사랑 중이다.

김현

"너를 위해서라면
나는 뭐든 할 거야."

반드시 지켜야 하는 사람이 있어
가을에게 접근했다.

김선

"내 인생에 진짜 사랑은
딱 한 명이었어!"

가을에게는 아빠, 유정에게는 삼촌,
현에게는 형이라는 특별한 관계를 맺었다.

은세연

"해준이를
다시 볼 수 있을까요?"

국내 최고 제약 회사 실버제약의 대표.

범녀

"종족을 위해서
네가 희생하는 거야."

가을의 할머니이자 호랑족의 우두머리.

김현 감호 설화

보름달이 휘영청 떠오른 밤, 복을 빌기 위한 행사에서 김현은 한 여자와 사랑에 빠진다. 그날 김현은 여자를 따라갔다가 여자가 범이 라는 사실을 알게 되지만, 김현의 마음은 변하지 않는다. 그때 하필 범이 나라에 재앙을 일으킨다며 범을 잡아 없애라는 명령이 온 나 라에 내려진다. 여자는 김현에게 자신이 내일 범으로 변신해 거리에 서 사람들을 해치면 그가 직접 범을 잡아 공을 세우라고 한다. 김현 은 그럴 수 없다고 거절하나 여자는 이 모든 것이 자신의 운명이라 며 부부의 연을 맺은 김현이 자신을 죽여 주길 거듭 부탁한다. 여자 의 희생으로 다른 범들은 무사하게 되고 김현은 벼슬길에 오른다.

반 배정

가을은 거울 앞으로 다가가 다시 한번 확인했다. 거울에는 가을의 모습이 전혀 비치지 않았다. 완벽했다. 가을은 이제 3단계 둔갑까지 쉽게 해냈다.

투명해진 가을이 들어간 곳은 교무실이다. 학년 부장 선생님 책상에 3학년 반 배정 표가 있었다. 가을은 1반부터 한 장씩 넘기며 자신이 몇 반인지 확인했다. 1반에는 없다. 2반엔 김유정과 유정의 친척이라는 김현이 있다. 3반 표를 봤다. 있다! 이가을과 유신우 둘 다 있다.

3학년 반 배정을 앞두고 가을은 조마조마했다. 만약 신우와 같은 반이 되지 않으면 어쩌나 계속 걱정했다. 예전에 가을은 반 배정을 일생일대의 일로 여기는 아이들을 이해하지 못했다. 겨우 1년일 뿐인데 마음에 좀 안 맞는 아이들과 같은 반이 되거나 친한 친구와 같은 반이 되지 않는 게 무슨 대수냐 싶었다. 그런데 이번에 가을은 반 배정 때문에 잠을 설쳤다.

복도에서 발걸음 소리가 들렸다. 가을은 얼른 종이를 내려놨다.

교무실 문이 열리며 들어온 건 유정과 현이다. 둘은 곧 가을이 있는 곳까지 왔다. 가을은 둔감했지만 혹시 들킬까 봐 가슴이 조마조마했다.

현은 방금 전까지 가을이 살폈던 반 배정 표를 들었다. 현의 옆에 선 유정이 물었다.

"정말 바꿀 거야? 왜?"

현은 반 배정 표를 한 장씩 넘겼다. 그러더니 주머니에서 펜을 꺼내 2반 표에 적힌 자기 이름에 죽죽 선을 그은 다음 그 위에 이연수라고 적고, 3반 표에 적힌 이연수 이름에 선을 긋고는 그 위에 김현이라고 써 넣었다. 5초쯤 지나자 고쳐 쓴 흔적이 감쪽같이 사라졌다.

"오백 년을 알았는데 너랑 또 같은 반 하라고? 나도 새 친구 사귀고 싶어. 만능통에서 허락한 일이야. 전산도 바로 바꿔 달라고 문자 넣어야겠다."

야호족에게 이런저런 일을 해결해 주는 '만사통'이 있다면 호랑족에게는 '만능통'이 있다.

"너 이가을 감시하려고 하는 거잖아. 내가 모를 거 같아?"

유정의 입에서 자기 이름이 나오자 가을은 놀라서 딸꾹질을 할 뻔했다.

현은 고개를 왼쪽으로 살짝 기울이며 미소 짓는 것으로 대답을 대신했다. 유정은 현을 노려보며 말했다.

"난 네 새 이름도 마음에 안 들어. 하고 많은 이름 중에 왜 하필 김현이야?"

"그만 가자, 친구."

유정은 "아, 진짜." 하고 한숨을 쉰 후 현을 뒤따라갔다. 하지만 가을은 그대로 서서 유정의 말을 곱씹었다.

마음속 어딘가에서 령의 목소리가 울렸다.
호랑족도 가을이 품어야 하는 이들이라고.

1부

새로운 시작

3학년 3반

학교 정문 앞에 신우가 서 있었다. 신우는 가을을 향해 손을 들어 인사했다.

"가을아, 반 배정 봤어? 우리 같은 반이야."

신우 목소리에 설렘과 기쁨이 가득 묻어 있었다. 가을은 고개를 끄덕였다. 미리 알고 있었다는 것은 말하지 않았다.

가을은 신우를 올려다봤다. 작년에는 옆에 서 있으면 눈높이가 맞았는데 3학년이 된 신우는 키가 훌쩍 컸다.

"너 키가 더 큰 것 같아."

"그래?"

신우는 방학 동안 키가 10센티미터 이상 커서 교복 바지 밑단을 늘렸다고 했다. 가을은 신우가 낯설게 느껴졌다. 신우는 키만 큰 게 아니라 팔다리가 길어지고 얼굴도 더 갸름해졌다. 볼살도 쪽 빠졌다.

작년 모습 그대로인 가을과 달리 신우는 외모가 꽤 많이 변했다.

"참, 봄이랑 여름이는 정말 같이 안 다닌대?"

"어. 이제 날 지켜야 할 일이 없으니까."

할머니와 엄마는 원래 모습으로 지내기로 했다. 작년에는 구슬 전쟁을 앞두고 위기 상황이 생길까 봐 함께 학교에 다녔다. 할머니와 엄마는 이왕 학교를 다니기 시작했으니 중학교는 졸업하겠다고 했는데 결국 둔갑이 힘들어 더는 중학생으로 못 살겠다고 했다. 친구들에게는 봄과 여름이 휴와 함께 모리셔스에 있는 이모 집으로 가게되었다고 말해 두었다.

"휴는 잘 지내지?"

"응. 잘 쉬고 있대."

휴는 정말로 수수를 따라 모리셔스로 갔다. 가을은 휴를 생각하면 미안한 마음뿐이다. 령이 떠나고 난 후 자신의 마음만 들여다보느라 휴가 얼마나 힘들고 아팠을지 헤아리지 못했다. 오히려 휴한테 투정을 부린 건 가을이다. 령을 떠올리면 가슴에 커다란 구멍이 뚫려 바람이 숭숭 들어오는 기분이었다.

현관에 도착해 실내화를 갈아 신는데 신우가 말했다.

"가을아, 나는…… 있을 거야."

"응?"

가을은 신우의 말이 무슨 뜻인지 몰라 되물었다.

"네 옆에 있을 거라고."

신우가 부드럽지만 단호한 목소리로 말했다. 가을의 마음이 콩닥하고 뛰었다. 마음과 함께 가을의 몸도 튀어 오를 뻔할 찰나 유정이 다가와 가을의 어깨에 팔을 둘렀다.

"아주 꿀이 뚝뚝 떨어지네. 에이, 옛날처럼 학교에서 연애 금지 해야 하는데."

가을은 유정을 떼어 내며 그런 거 아니라고 했다.

"아니긴 뭘?"

신우가 먼저 교실로 가겠다고 했고 가을과 유정만 남았다.

"이가을, 같은 반 친구로서 일 년 동안 잘 지내 보자."

"같은 반이라니?"

"나도 3반이야. 너랑 신우랑 같이."

가을은 고개를 갸웃했다. 분명 유정은 2반이었다. 그런데 3반이 되었다고? 하지만 반 배정을 미리 봤다고 말할 수는 없는 노릇이다. 유정도 현처럼 만능통의 도움을 받았나?

가을은 유정과 함께 교실로 들어갔다. 가을은 신우 옆 빈자리에 앉았고 유정은 가을 바로 뒤에 자리 잡았다.

"우리 다 같은 반 되니까 참 좋다. 그치?"

유정의 말에 가을은 대꾸하지 않았다. 가을이 고개를 절레절레 흔들고 있는데 교실 문이 열리면서 현이 들어왔다.

"현아, 여기!"

유정을 본 현이 살짝 인상을 썼다. 현은 잠시 머뭇거리더니 유정

옆자리로 와서 앉았다.

"유정, 네가 왜 여기 있어?"

"나도 3반이니까."

현과 유정이 작게 속삭이는 소리가 가을에게 다 들렸다. 현도 유정이 반을 바꾼 걸 모르고 있었나 보다.

"아, 자리 안 바꾸고 그냥 넷이 이렇게 앉으면 좋겠다. 그치, 가을아?"

유정이 가을의 등을 톡톡 두드리며 말했다. 가을은 고개를 돌려 유정을 보았다.

"새 담임이 바꾸라고 할 거 같은데?"

가을은 대꾸한 후 다시 앞을 보려는데 현과 눈이 마주쳤다. 현의 눈매는 날카롭다. 눈빛도 날카롭고 턱선도 날카롭고 코도 날카롭다. 짧은 머리카락마저 만지면 뾰족뾰족할 것 같았다. 현은 고개를 왼쪽으로 살짝 숙이면서 말했다.

"잘 지내 봅시다, 리더님."

'리더님'은 다른 아이들이 듣지 못하도록 입 모양으로만 말했다. 저 건들거림은 현 특유의 제스처다. 가을은 왠지 현이 불편해 못 본 척하고 고개를 돌렸다.

이제 겨우 아침인데 왜 이렇게 피곤한 거지? 유정에 현까지, 가을은 3학년이 쉽지 않을 것 같았다.

수업을 마친 가을이가 집에 도착하자 할머니가 반겨 주었다.

"우리 손녀. 새 학기 첫날 보내느라 아주 고생 많았어."

할머니는 가을을 위해 가을이 좋아하는 소갈비찜을 만들어 났다. 할머니는 처음을 아주 중요하게 여긴다. 처음은 뭐든 어렵지만 처음이 있기에 다음도 있는 거라며 가을이 첫 시작을 하는 날이면 늘 할머니 나름의 방법으로 응원해 주었다. 가을은 거의 매년 경험하는 새 학기인데 아직도 할머니는 그걸 대견하게 여겼다.

"엄마는?"

"저녁 약속 있대."

"누구랑?"

"모르겠네."

최근 웹소설 연재를 끝낸 엄마는 매일 약속이 있다며 외출했다.

"아무래도 네 엄마, 연애하는 거 같아."

"엄마가 그래? 연애한다고?"

"뭐 나한테 밀을 하겠니. 눈치가 그렇다는 거지."

할머니는 엄마와 가을의 변화에 대해 누구보다 빨리 알아차렸다.

"이번엔 어떤 사람이래?"

"그걸 모르겠단 말이지. 아주 꼭꼭 숨기더라고. 핸드폰 비밀번호도 걸어 놨다니까."

할머니는 조만간 엄마가 만나는 상대가 누군지 알아내겠다고 별렀다.

그때 가을의 핸드폰 메시지 알람이 울렸다. 신우다.

> 가을아, 집에 잘 들어갔지? 잘 쉬고 내일 학교에서 만나 ☺

신우는 귀여운 이모티콘도 같이 보냈다. 가을은 비어져 나오는 웃음을 참지 못했다.

"신우구나? 에휴, 늙은 나만 외롭지!"

가을은 답을 보낸 후 핸드폰을 식탁 위에 내려놨다.

"할머니가 늙긴 뭐가 늙어?"

"그치? 내가 아직 한창 때긴 하지."

할머니는 얼마 전부터 배우기 시작한 줌바 댄스 회원 중에서 가장 젊다고 자랑했다.

"애들이 나 보고 싶다고 안 해?"

"안 그래도 지나랑 세영이가 우리 반 찾아와서 봄이 언제 한국 오냐고 계속 물어봤어."

"지나랑 세영이는 너랑 다른 반이야?"

"응. 지나는 1반이고 세영이는 4반. 참, 유정이도 같은 반 됐어. 원래 2반인데 오늘 가 보니까 바뀠더라고. 심지어 나랑 짝까지 됐어."

바람과 달리 가을의 짝은 신우가 아닌 유정이 되었다.

"유정이가 왜 반을 바꿨는지 모르겠어."

"현이 3반이라며. 같은 호랑족인 현이 챙기려고 그랬겠지. 호랑족도 사이가 엄청 끈끈하더라."

가을과 달리 할머니는 대수롭지 않게 받아들였다.

"그런가?"

구슬 전쟁 이후로 호랑족과 야호족은 조금씩 왕래를 시작했다. 이제 두 종족은 적이 아닌 동료가 되었기 때문이다. 호랑족들은 수수처럼 부를 이룬 이가 많았는데, 할머니는 그들과 어울리며 부자가 되는 방법을 반드시 알아내겠다고 큰소리쳤다.

"할머니, 근데 김현은 말이지……."

가을이 말하려고 하는데 마음속 어딘가에서 령의 목소리가 울리는 것 같았다. 호랑족도 가을이 품어야 하는 이들이라고. 가을은 속으로 다짐했다. 알았어, 령. 노력해 볼게.

3학년이 된 유정은 작년과 많이 달랐다. 2학년 때는 수업 시간에 졸거나 딴짓을 했는데 이제 수업을 열심히 잘 들었다. 무슨 바람이 불었는지 종종 가을의 노트도 빌려갔다. 그런데 오늘 유정이 돌려준 노트에 다른 노트가 끼어 있었다. 곁에 이름이 쓰여 있지 않아 유정 것이 맞는지 확인하려고 노트를 넘겼다. 마지막 장에 무언가 적혀 있었다.

하루가 오백 년 같다.
오백 년이 하루 같다.

언제쯤 너는 나를 봐 줄까.

화장실에 다녀온 유정에게 노트를 건넸다.

"이거 네 거 같은데."

"어, 맞아."

"근데 너 시도 써? 너랑 너무 안 어울리는데."

"그냥 심심해서."

가을이 의외라고 말하며 웃으니 유정은 노트를 책상 서랍에 급하게 밀어 넣었다.

수업 시작을 알리는 종소리가 울렸고 가을은 수학 교과서를 꺼냈다. 가을은 교과서에 '500년'이라고 썼다. 바로 옆에 '1일'도 적었다. 어떻게 오백 년이 하루 같을 수 있지? 유정은 왜 그런 시를 지었을까? 유정이 호랑족이 된 사연을 이야기해 준 적이 있긴 하지만 딱 그것뿐이다. 다른 이야기를 해 본 적이 없다. 그동안 유정은 어떻게 살았을까? 가을은 유정의 지난 시간이 궁금했고 슬쩍 고개를 돌려 유정을 바라봤다. 집중해서 수업을 듣는 줄 알았는데 어느새 유정은 꾸벅꾸벅 졸고 있었다.

점심시간이 되었다. 가을이 신우와 함께 식당으로 가는데 신우 옆으로 현이 따라왔고 유정도 가을 옆으로 붙었다. 얘네 둘은 '1+1'이다. 현과 유정은 세트처럼 붙어서 가을을 따라다녔다.

"토요일에 뭐 해? 우리 다 같이 영화 보러 안 갈래?"

현이 입안 가득 밥을 넣고 우물거리며 묻자 유정은 안 그래도 심심했는데 잘됐다고 대답했다. 가을은 조금도 내키지 않았다. 학교에서 현과 유정을 보는 것만으로도 충분했다. 무엇보다 주말에는 신우와 단 둘이 만나고 싶었다. 가을이 싫다고 말하려는데 현이 신우에게 물었다.

"신우야, 너 시간 되지?"

"어? 나도 딱히 주말에 할 일 없어."

가을이 신우를 흘겨보는데 신우와 가을의 눈이 마주쳤다. 신우가 미소 지으며 물었다.

"가을아, 너도 같이 갈 수 있지?"

신우의 맑은 눈을 보고 어떻게 안 된다고 말할 수 있을까. 가을은 고개를 끄덕였다.

점심을 다 먹은 후 현이 신우에게 농구를 하러 가자고 했다. 신우는 바로 대답하지 않고 가을을 바라봤다. 가도 되느냐고 묻는 것 같았다.

"하고 와."

가을이 허락하자 신우는 현과 함께 운동장 쪽으로 갔다.

유정이 양손으로 제 어깨를 비비며 물었다.

"어휴, 닭살 닭살. 니들 사귀는 거 맞지?"

가을은 뭐라고 대답해야 할지 몰랐다. 가을과 신우는 사귀는 걸까? 신우와 한 번도 그런 이야기를 나눠 본 적이 없었다.

"그냥 친한 사이야."

가을은 얼버무렸다.

"친한 사이긴. 너희 우리 반 공식 커플이잖아."

"나랑 신우가?"

"응. 애들 다 그렇게 알고 있어."

유정의 말에 가을은 기분이 좋으면서도 한편으로 마음이 이상했다. 신우도 과연 그렇게 생각할까 싶었다.

"가자. 이 언니가 아이스크림 쏠게."

유정이 가을에게 어깨동무를 하며 매점으로 데려갔다.

유정은 멜론 맛 아이스크림 두 개와 에너지 음료 한 병을 샀다.

"그건 왜?"

"아, 현이 주려고. 농구하면 목마르잖아. 현이 이거 좋아하거든."

"그럼 신우 것도 사 줘."

"싫어. 내가 왜 네 남친 걸 사냐? 네 남친 건 네가 사."

가을은 툴툴대며 신우에게 줄 음료수를 따로 계산했다.

둘은 교실로 바로 들어가지 않고 조회대 옆 계단에 걸터앉았다.

"너 여기에 멜론 안 들어가는 거 알았어?"

유정이 아이스크림 봉지를 뜯으며 물었다.

"아니. 진짜야?"

"역시. 전 국민이 다 속고 있어."

가을은 아직 버리지 않은 아이스크림 포장지를 살폈다. 정말로 멜론은 들어 있지 않았다.

"그래도 난 이게 진짜 멜론보다 더 맛있어. 나도 사람보다 더 사람 같고. 참 웃기지 뭐야."

유정이 아이스크림을 혀로 녹여 먹으며 말했다. 운동장에서 신우와 현이 농구하는 게 보였다.

"현은 종호랑이야? 아님 본호랑?"

"종호랑."

"그럼 현이도 그…… 너희 삼촌이 살린 거야?"

가을은 선을 뭐라고 부르면 좋을까 하다가 그냥 삼촌이라고 했다.

"아니. 현은 다른 본호랑이 살렸어. 현은 호랑족이 된 지 나보다 더 오래됐어. 신라 시대부터 살았다니까."

"신라 시대?"

가을이 깜짝 놀라 되물었다. 요즘 사람들에겐 조선이나 신라나 다 같은 옛날이겠지만 조선 시대에 태어난 가을에게 신라는 멀고 먼 옛날이다.

"현을 살린 건 삼촌의 사촌 누이였대. 현이 크게 다쳤나 봐. 그분은 현을 친동생처럼 많이 아꼈고."

"그분은 지금 어디 계셔?"

"이젠 안 계셔. 나도 삼촌한테 이야기만 들었어. 백합처럼 희고 아주 고귀한 분이라고 했어."

"호랑족인데 어떻게 더 이상 세상에 없을 수가 있어?"

가을은 질문을 하자마자 곧바로 령이 떠올라 더는 묻지 않았다.

"현은 그림도 잘 그리고 글씨도 잘 써. 국립중앙박물관에 가면 현이 그리고 쓴 게 많아."

유정은 핸드폰으로 현의 작품을 보여 줬다. 교과서에 실린 산수화나 서예 작품도 있었다. 외모를 보고 무예 쪽인 줄 알았는데 의외였다.

"현은 누구랑 살아? 너랑 같이 사는 거야?"

"아니. 지금은 현이 혼자 지내. 삼촌이 같이 지내자고 하는데 싫대."

유정은 삼촌과 현, 이렇게 셋이 가족으로 지낸 시간이 가장 많았다고 했다. 호랑족은 야호족과 비슷하다. 야호족 중에서도 더 친한 이가 있는 것처럼 호랑족도 그렇다.

"삼촌이랑 현은 형, 동생하며 지내. 엄청 절친한 사이야. 참, 현이가 너 옛날에 만난 적 있다던데."

"나를?"

가을은 옛날 언제를 말하는 거냐고 물었다. 유정은 가을이 야호가 되기 전이라고 알려 줬다. 그 옛날부터 현이 자신을 알고 있다고 생각하니 기분이 좀 이상했다. 자신은 모르는데 자신을 아는 이라니. 계속 현에 대해 의심을 품고 지낼 수 없다고 생각한 가을은 유정에게 현이 왜 가을을 따라 3반이 된 거냐고 물어 보려고 했다.

"근데 현이 왜…….."

그때 갑자기 유정이 오른팔을 번쩍 들어 흔들었다. 농구를 끝낸 신우와 현이 이쪽으로 걸어오고 있었다.

유정이 현에게 음료수를 던졌고 현이 그걸 정확하게 받았다. 가을은 신우가 다가올 때까지 기다렸다가 병을 건넸다.

"아, 피곤하다. 그냥 집에 갈까?"

현이 유정 어깨에 머리를 기대며 투정을 부렸다. 유정 성격에 당장이라도 현의 머리를 손바닥으로 확 밀칠 줄 알았는데 그냥 두었다.

"쟤네도 참 친하다. 그치?"

"같은 호랑족이라서 그런가 봐."

가을은 신우에게 유정뿐만 아니라 현도 호랑족이라는 것을 말해 두었다.

"근데 너랑 휴 사이랑은 좀 달라 보여."

"그런가?"

가을은 앞서 걷는 유정과 현을 다시 바라봤다. 가을에겐 유정의 옆얼굴만 보였다. 유정은 사뿐사뿐 걸으며 수줍은 미소를 지었다.

불현듯 유정의 노트에서 본 시가 떠올랐다. 가을은 걸음을 멈춰 섰다.

"아!"

시의 주인공이 바로 현이다.

우리 사이는

    현의 제안대로 토요일에 넷이 모여 영화를 봤다. 영화 보는 내내 유정도 웃고 현도 웃고 신우마저 웃었다. 웃지 않은 건 가을뿐이다. 그래, 영화야 다 같이 모여 볼 수 있다. 영화관에서는 원래 다 같이 모여 보니까. 알지 못하는 사람과도 함께 보는데 같은 반 친구끼리 보는 거야 뭐 괜찮다. 현이 고른 영화는 제목만 들었을 때는 별로였는데 의외로 재밌었다. 현이 아니었으면 이런 영화가 있는지도 몰랐을 거다. 문제는 영화를 본 뒤었다.

    가을은 영화만 보고 아이들과 헤어져 신우와 둘만의 시간을 보내고 싶었는데, 현이 다 같이 햄버거를 먹으러 가자고 했다. 유정은 말할 것도 없고 신우는 이번에도 또 좋다고 대답했다. 가을은 어쩔 수 없이 햄버거 가게에 따라갔다.

    "영화 재밌지? 현이가 이런 거 잘 알아. 예술적 감각이 뛰어나거든."

유정은 햄버거 가게에 앉자마자 현에 대한 칭찬을 늘어놓았다. 그러고 보면 현에 대한 이야기를 할 때면 눈빛이 초롱초롱 빛났다. 가을은 저런 눈빛을 어디서 봤나 싶었는데 바로 할머니가 사업 이야기할 때와 아주 비슷했다.

햄버거를 먹는 내내 현은 오늘 본 영화의 감독이 만든 전작과 특징에 대해 알려 주었다.

"이 감독 영화를 보면서 생각해 봤는데 내가 복수 느와르 영화를 만든다면 제목은 '천국은 포기했어'라고 지을 거야. 멋지지 않냐?"

현의 말에 유정과 신우가 재밌을 거 같다고 칭찬했다. 가을은 아무 대꾸도 하지 않고 묵묵히 햄버거만 먹었다. 도대체 뭐가 재밌을 거 같다는 거야. 가을은 소스 맛도 양상추 맛도 고기 패티 맛도 느껴지지 않았다.

가을은 끊임없이 이야기하는 현을 노려봤다. 순간 가을 몸속에 있는 구슬이 움직였고 가을은 벌떡 일어났다.

"나 화장실 좀."

가을은 문을 열고 뛰쳐나왔다. 자칫하면 현을 공격할 뻔했다. 가을은 주먹으로 제 머리를 콩콩 때렸다. 바보 같아. 이게 뭐야. 고작 이런 일로 구슬을 움직이다니. 령이 보면 얼마나 한심하게 여길까 싶었다. 가을은 바람을 쐬며 마음을 진정시키려고 했다.

사실 가을은 요 며칠 현을 관찰했다. 현만 가을을 감시하는 게 아니라 가을도 현을 감시했다. 눈에는 눈, 이에는 이니까. 어제 가을은 체육 시간에 몸이 아프다는 핑계로 교실에 남았다. 아이들이 모두 교실에서 나간 뒤 현의 자리로 가 보았다. 책상 위에 놓인 필통을 열어 보니 묵직한 검은색 만년필이 하나 있었다. 가을은 조심스레 만년필을 꺼냈다. 오래된 물건일수록 주인에 대한 정보를 얻기 쉽다. 가을은 령에게 받은 최초 구슬의 효력을 하나씩 깨우치고 있는데 물건을 만져 그 물건에 얽힌 과거를 보는 것도 그중 하나였다.

가을은 눈을 감고 만년필을 쥐었다.

과거의 현이다. 만년필을 들고 있다. 누군가 그 앞에 있다. 여자아이이다.

"만년필 마음에 들어?"

"응. 정말 고마워. 지금까지 받은 생일 선물 중에 가장 마음에 들어."

현이 여자아이를 보고 미소 짓고 여자아이도 환하게 웃는다.

장면이 바뀌더니 이번엔 현은 혼자 누군가에게 편지를 쓰고 있다.

세연아, 오늘 하루는 어땠어? 나는 종일 너를 생각하고 너를 그렸어. 얼른 너 학교 끝나면 좋겠다.
보고 싶어, 세연아.
너와 함께 있을 때도 떨어져 있을 때도, 나는 늘 네가 보고 싶어.
너는 내 눈꺼풀 위에 앉아 있어. 눈을 감고 뜰 때마다 너를 느껴.
너는 내 코 아래 있어. 숨을 쉴 때마다 너를 생각해.

교실 문이 열리는 소리가 들렸다. 가을은 얼른 만년필을 필통에 집어넣은 후 자기 자리로 돌아왔다. 현은 만년필을 주었던 그 여자아이를 아주 많이 좋아했다. 여자아이는 누구였을까? 같은 호랑인가?

햄버거 가게로 돌아온 가을은 소화가 되지 않아 먼저 가겠다고 말했다.

"어? 우리 노래방 가기로 했는데."

유정이 가을에게 같이 가자며 졸랐다. 다 같이 노래방에 갈 생각을 하니 가을은 거짓말이 아니라 정말로 소화가 되지 않는 듯했다.

가을은 월요일에 보자고 말한 후 가방을 들고 먼저 일어났다. 그러자 신우도 가을을 따라 나왔다.

"가을아, 데려다줄게."

신우가 가을의 옆을 따라 걸었다. 가을은 마음이 조금 풀렸다. 만약 신우가 따라오지 않았다면 길거리에 눈물을 뿌렸을 거다.

"가을아, 약국 가자."

신우는 핸드폰을 꺼내 약국 위치를 찾았다.

"그 정도는 아니야. 집에 가서 쉬면 괜찮을 것 같아."

가을은 신우의 팔을 잡아당겼다.

"근데 영화 정말 재밌었지? 현이 정말 아는 게 많은 것 같아."

"영화 좋아하나 보지."

"이따가 집에 가서 현이가 추천해 준 영화 찾아보려고. 다 재밌을 거 같아."

"그래."

가을은 건성으로 대답했다.

"현이 그림도 엄청 잘 알아. 다음에 같이 미술관 가자고 하더라고."

학교에서 유정이 현의 이야기를 그렇게 했는데 이젠 신우까지 그랬다.

"왜 계속 현이 이야기만 해? 나는 현에 대해 하나도 안 궁금해. 현이 뭘 좋아하는지 잘하는지 관심 없다고."

가을이 쌀쌀맞게 쏘아붙이자 신우가 영문도 모른 채 곧바로 미안하다고 사과했다.

"네가 왜 사과해?"

"네 기분이 안 좋은 거 같아서. 미안해, 가을아. 내가 너무 현이 이야기만 했지?"

가을은 아차 싶었다. 현은 가을을 제외하면 신우가 오랜만에 친해진 친구다. 누구보다 신우가 외롭지 않기를 바랐는데 왜 이렇게 못나게 구는 걸까.

가을과 신우는 말없이 계속 걷기만 했다.

둘은 금세 가을의 집에 도착했다. 가을은 신우와 헤어지고 싶지 않았다.

"나 소화가 안 되네. 조금 더 걸어야 할 것 같아. 신우 너는 먼저 가."

가을은 마음에도 없는 소리를 했다.

"어? 나도 좀 걸어야 할 것 같아. 햄버거 많이 먹었나 봐. 배가 부르네."

"그럼 이번엔 내가 너희 집까지 데려다줄게."

가을과 신우는 다시 걸어온 길을 반대로 걸었다. 가을은 작년에 한 다짐이 떠올랐다. 신우에게만은 마음을 숨기지 않겠다고.

"사실 나는 영화 너랑만 보고 싶었어. 햄버거도 너랑만 먹고 싶었고."

"정말? 그럼 조만간 꼭 둘이 보자. 햄버거도 먹고. 사실 나는 네가 유정이랑 현이랑 잘 지내는 거 같아서 나도 친해지고 싶었어. 아무래도 너랑 비슷한 게 많으니까. 휴랑은 못 그래서 아쉽더라고."

가을은 걸음을 멈추었다. 신우가 이런 생각을 하는지 전혀 몰랐다.

신우의 집에 거의 도착했다. 가을은 목이 마르다며 편의점으로 들어가 녹차를 두 병 샀다. 이대로 신우와 헤어질 수 없었다. 가을은 신우에게 하고 싶은 말이 있었다.

"신우야, 근데 너랑 나는 무슨 사이야?"

"우리? 좋아하는……."

신우의 귀 끝이 빨갛게 변했다.

"유정이도 묻고 할머니도 묻더라고. 너랑 나랑…… 사귀는 거 아니냐고. 그래서 아니라고 했어."

"왜?"

신우의 사슴처럼 큰 눈이 금세 서운함으로 가득찼다.

"우리 그런 이야기한 적 없잖아."

"사실 그게⋯⋯."

신우가 목이 타는지 급하게 녹차를 마셨다. 그러다 잘못 삼켰는지 캑캑거렸다. 가을은 신우가 기침을 멈출 때까지 기다렸다.

"나랑 사귀자, 신우야."

신우의 큰 눈이 더 커졌다. 가을은 심장이 쿵쾅거렸다. 신우가 뭐라고 대답을 할까.

"내가 먼저 말했어야 했는데. 나, 계속 어떻게 말해야 할지 고민하고 있었어. 근데 생각하면 너무 떨려서⋯⋯."

"누가 먼저 말하는 게 뭐가 중요해. 우리 오늘부터 1일이야. 그럼 나 간다."

신우가 다시 데려다주겠다고 했지만 가을은 괜찮다고 말하고 도망치듯 급히 걸었다. 아무렇지도 않은 척 말해 버렸지만 사실은 너무 부끄러웠다. 부끄럽지만 행복했다. 이 기분이라면 하늘로 날아오를 것만 같았다.

20미터쯤 갔을 때 가을은 고개를 돌렸다. 신우는 그 자리에 서서 계속 가을을 바라보고 있었다. 신우는 오른손을 높이 들어 인사했다. 가을은 그 순간의 신우의 몸짓을, 미소를 눈에 간직했다.

가을은 세상 모두에게 유신우가 내 남자 친구라고 자랑하고 싶었다. 하지만 이내 그럴 필요가 없다는 걸 깨달았다. 신우가 세상 전체니까. 세상이 다 사랑스럽다.

집으로 돌아온 가을은 내내 신우와 메시지를 주고받았다. 헤어진지 얼마 되지 않았지만 벌써 신우가 보고 싶었다. 주말에도 그냥 학교에 가면 얼마나 좋을까?

"가을아, 저녁 먹어라. 저녁 먹으라니까."

할머니가 몇 번 부르고 나서야 가을은 방에서 나왔다.

구수한 감자 냄새가 주방 안을 가득 메웠다. 식탁 위에는 감자 옹심이가 놓여 있었다. 예전에 강원도에 살 때 자주 먹던 거였다.

"어? 웬 감자 옹심이?"

"오늘 왠지 이게 먹고 싶더라."

감자 옹심이는 감자를 갈아 물기를 짜낸 것을 녹말가루와 섞어 새알처럼 만드는데 손이 아주 많이 간다. 그걸 알기에 가을은 먹고 싶어도 해 달라고 하지 않았다.

"할머니, 우리 동해 살 때 기억나? 여름에 바다 수영하는 거 재밌었는데. 참, 옆집에 개 엄청 많았잖아."

"그랬나? 그랬던 것 같기도 하고."

가을과 달리 할머니는 과거 일을 잘 기억하지 못했다. 오래 산 건 가을도 매한가지인데 할머니는 오십 대와 십 대의 기억력이 달라서 그렇다고 했다.

"근데 엄마는 오늘도 늦는 거야?"

"응. 우리끼리 저녁 먹으라고 문자 왔어."

식사를 마치고 가을은 반찬통을 넣기 위해 냉장고 문을 열었다. 그 안에 못 보던 봉지가 있었다. 꺼내 보니 감자 옹심이다. '전통 그대로의 맛'이라고 크게 적혀 있다.

"할머니, 이게 뭐야?"

가을은 거실에서 텔레비전을 보고 있는 할머니를 향해 물었다.

"뭐긴. 옹심이지."

"할머니가 직접 만든 게 아니었어?"

"얘는. 요즘 누가 감자를 직접 갈아? 마트에 다 팔아."

가을이 감자 옹심이를 다시 넣고 냉장고 문을 닫는데 할머니가 살살 닫으라고 소리쳤다. 얼마 전 새로 산 냉장고는 할머니의 보물 1호다. 가을은 주방에서 나와 할머니 옆으로 가서 앉았다.

"너 오늘 기분 좋은가 보다? 무슨 좋은 일 있어?"

가을은 신우 이야기를 할머니에게 할까 하다가 그만두었다. 부끄럽기도 하고 오늘은 조금 더 혼자 이 기분을 누리고 싶었다.

"주말이니까. 근데 할머니도 오늘 기분 좋아 보이는데?"

할머니는 요즘 계속 컨디션이 좋아 보였다.

"뭐 나도. 주말이니까."

할머니는 억지로 웃음을 참는 것처럼 보였다. 할머니가 가을의 머리를 쓰다듬으며 말했다.

"이제 고생 다 끝났어."

"무슨 소리야?"

"있어. 그런 게."

드라마가 끝난 후 할머니가 소파에서 일어났다. 할머니는 싱크대 서랍을 열어 무언가를 찾았다.

"아이고, 없네."

"뭐 찾는데? 양갱? 그거 내가 먹었어."

어젯밤에 가을은 하나 남은 할머니의 양갱을 먹었다. 그러곤 사다 놓는다는 것을 깜박했다.

"내일 줌바 댄스 갔다 오면서 사 오면 돼."

"아냐. 할머니. 내가 지금 사 올게."

가을은 방으로 가서 옷을 챙겨 입었다. 할머니는 괜찮다고 했지 만 지금 기분으로는 할머니에게 팥을 갈아 양갱도 만들어 줄 수 있 을 것 같았다.

편의점에 간 가을은 양갱과 함께 초코 우유도 두 개 샀다. 신우가 좋아하는 두 배 너 진한 초코 우유는 이 편의점에서만 팔았다. 내일 학교에 가져가 신우와 하나씩 나눠 먹을 거다.

계산대 아래 곰돌이 젤리가 있었다. 유정이 좋아하는 젤리다.

"이것도 주세요."

가을은 돈을 내기 직전 곰돌이 젤리도 하나 추가했다. 편의점을 나오는데 띠링 하고 메시지 알람이 울렸다. 신우였다.

편의점 다녀왔어?

이제 다 사고 가는 중. 너는 뭐 해?

아까 현이 추천해 준 영화 보려고.

가을은 인상을 찌푸렸다. 가을도 그 영화를 보고 싶었다. 신우와 함께.

재밌으면 다음에 너랑 다시 보려고.

메시지를 읽은 가을은 빙긋 웃었다.

저 멀리 익숙한 뒷모습이 보였다. 엄마다. 남자친구로 보이는 사람과 손을 꼭 잡고 느릿느릿 걷고 있다. 보아 하니 헤어지기 싫어서 집 근처를 배회하는 것 같았다. 가을이 모르는 척하고 집으로 들어가려는데 마침 몸을 돌린 엄마 커플과 눈이 딱 마주쳤다.

어? 어! 저 사람은.

모녀 갈등

수업 시간 중 가을은 저도 모르게 한숨을 폭 내쉬었다. 유정이 교과서에 '무슨 일 있어?'라고 적어 가을 쪽으로 밀었다. 가을은 '-_-' 이모티콘을 그렸다.

가을은 어젯밤에 있었던 일을 떠올렸다. 엄마와 함께 있었던 이는 바로 '선'이다. 엄마가 야호가 되기 전에 만났던, 가을의 생물학적 아버지 말이다. 가을은 곧바로 집으로 들어와 할머니에게 알렸다. 할머니도 가을처럼 조금 놀라고 말 줄 알았다. 그런데 할머니는 엄마에게 당장 헤어지라며 길길이 날뛰었다. 엄마의 연애 상대가 선이라는 것을 안 것보다 할머니가 화내는 모습에 가을은 더 놀랐다. 엄마의 연애에 할머니가 간섭한 건 처음이다.

수업을 마치는 종이 울렸다. 유정은 선생님이 교실을 나가자마자 왜 그러냐고 물었다.

"너희 삼촌이 요즘 누구 만나고 있는지 알고 있었어?"

"왜? 누군데?"

유정은 정말 모르는 눈치다. 가을은 다른 아이들이 듣지 못하도록 작게 "우리 엄마."라고 말했다. 유정은 "대박!"이라고 소리쳤다.

"같은 집에 사는 너도 몰랐구나."

"난 원래 삼촌 연애에 신경 안 써. 그 많은 걸 다 어떻게 알겠어."

유정은 곧바로 선의 연애사가 복잡한 건 절대 아니라고 정정했다.

"쉼 없이 연애하는 스타일인가 봐?"

"삼촌이 좀 그렇긴 하지."

선도 수수 같은 유형인가? 사랑 없이는 못 사는?

"그런데 너희 엄마는 특별했대. 정말 사랑한 사람은 너희 엄마 한 명뿐이라고 했어."

말로는 무슨 말이든 못 하겠나 싶지만 가을은 대신 전해 듣는 고백만으로도 마음이 조금 말랑해졌다. 엄마도 선과 같은 마음일까? 엄마에게 한 번도 선에 대해 물어본 적이 없었다. 가을네 세 모녀에게 선과 관련된 이야기는 금기였다.

"어쩐지. 안 그래도 삼촌이 요즘 아주 편안해 보이더라. 난 구슬 전쟁 끝나서 그런 줄 알았지. 근데 넌 삼촌이랑 너희 엄마가 만나는 게 싫어?"

"난 엄마가 누굴 만나든 상관없어. 문제는 우리 할머니야."

할머니는 오백 년 전 있었던 일을 꺼냈다. 가을네 세 모녀는 령이 아니었다면 그 시간에서 영원히 멈췄을 것이다. 선이 세 모녀를 위험에 빠지게 한 일을 할머니는 용서하지 못했다. 엄마가 그건 어쩔 수 없는 일이었다고 항변했지만 할머니는 단호하게 말했다.

"나는 죽어도 돼. 하지만 너랑 가을을 잃었을 수도 있잖아. 그래서 난 선이 싫어. 용서가 안 돼."

할머니의 그 말에 엄마는 더는 아무 말 하지 않고 방으로 들어갔다. 옛말에 자식 이기는 부모 없다고 하는데 부모 이기는 자식도 없다. 사랑하는 이의 말을 따르지 않는 건 아주 어려운 일이다. 이번 일은 '사랑 VS 사랑'이니 엄마에게는 더 어려운 문제겠지. 아무래도 할머니와 엄마의 냉전이 길어질 듯하다.

"아, 그래서 현이가 그렇게 말했나?"

"무슨 말?"

"만날 사람은 언젠가 만나게 되어 있다고. 그게 삼촌 이야기였나 봐. 어휴, 다행이다."

"뭐가 다행이야?"

"아냐. 아무것도."

유정은 뭐가 좋은지 히죽 웃었다.

수업이 끝나고 나오는데 교문 앞에 선이 와 있었다. 가을은 아는 척을 해야 하나 말아야 하나 고민했다. 엄마와 함께 있는 걸 봤을 때 가을은 너무 놀라 인사도 못 하고 그냥 집으로 들어왔다.

선이 가을 쪽으로 한 걸음 한 걸음 다가왔다. 하교하던 아이들의 시선이 선에게로 몰렸다. 아이들이 "연예인인가?", "모델 같아." 하고 수군거렸다. 옆에 있던 신우가 누구냐고 물었다.

"유정이 삼촌."

"그럼 너의?"

신우가 깜짝 놀라 물었고 가을은 조용히 고개를 끄덕였다.

선이 가을 앞에 멈춰 섰다.

"가을아, 잠깐 시간 좀 내줄 수 있어?"

"바빠요."

가을은 자기도 모르게 퉁명스럽게 말이 나왔다. 그런데 옆에 있던 유정이 끼어들었다.

"아냐, 삼촌. 가을이 안 바빠. 얘, 집에 가서 낮잠 잘 거라고 했어."

가을은 유정을 째려봤다.

"시간 오래 안 뺏을게."

가을은 주변 아이들의 시선이 부담스러워 알겠다고 대답했다. 선이 유정에게 집에 먼저 가 있으라고 했고 유정은 자기도 따라갈 생각 없다며 혀를 내밀었다.

"신우야, 내가 이따가 연락할게."

신우와 헤어진 후 가을은 선과 함께 걸었다. 가을은 지금 이 상황이 불편하고 불편하고 또 불편했다. 1미터쯤 떨어져 걷긴 했지만 이 거리도 너무 가깝게 느껴졌다. 100미터 정도 떨어져 걸으면 좋겠다.

십 분쯤 걸었을 때 카페가 나왔다. 선이 여기 들어가도 괜찮겠냐고 물었다. 가을은 대답 대신 먼저 문을 열고 들어갔다.

주문을 받는 점원은 선에게 여동생이랑 너무 닮았다고 말했다.

"여동생 아니에요. 딸이에요."

선의 말에 점원이 고개를 갸웃거렸다. 가을과 선은 신체 나이가 네댓 살밖에 차이 나지 않으니까.

잠시 후 선이 음료수가 담긴 쟁반을 가지고 왔다.

"역시 가을이 너는 하송이보다 나를 더 닮았어."

선이 컵을 가을 앞에 내려놓으며 말했다. 가을은 아무 말 하지 않고 음료수를 마셨다. 살면서 엄마 닮았단 소리를 못 들어 보긴 했다. 그렇다고 할머니를 닮은 것도 아니다.

"진작 찾아왔어야 했는데 미안해."

이제까지 선을 두 번 만났다. 야호가 되기 전에 저잣거리에서 한 번, 유정을 미행하다가 몰래 한 번. 대화를 나누거나 마주한 건 처음이다. 516년 만에 마주한 아버지라니. 가을은 한 번도 아버지가 그립거나 보고 싶은 적이 없었다. 있다가 없으면 그럴 수 있지만 처음부터 존재하지 않는 사람이기에 그런 감정을 가져 본 적이 없다. 친구의 아버지, 드라마 속 아버지는 있지만 가을의 아버지는 없었다.

"너한테는 미안하다는 말밖에 할 말이 없어."

가을은 뭐라고 대꾸해야 할지 몰랐다. 화를 내야 하는 걸까? 원망 섞인 말을 해야 하나? 아니면 사정을 이해한다고 해야 하나?

"네가 태어난 것을 알지 못했어. 하송이와 함께 있는 너를 보고 얼마나 놀랐는지 몰라. 무조건 너를 데려와야 한다고 생각했어. 너는 내 아이니까. 어머니가 알게 해선 안 되었는데 내가 너무 어리석었어. 지켜 주지 못해서 정말 미안하다."

선은 미안하다는 말을 하고 또 했다. 가을은 무조건적인 사과를 받는 건 딱 질색이다. 용서를 하는 것도 용서하지 않는 것도 애매한 상황이면 더더욱 그렇다. 선을 만나면 묻고 싶었다. 호랑족이 가을네 세 모녀를 처참하게 해칠 동안 왜 나타나지 않았냐고, 그 일이 있은 후에도 왜 계속 모른 척했느냐고. 하지만 다 지난 일이다. 이제 와서 대답을 듣는다고 달라질 건 없었다. 가을은 '지나간다'는 말을 좋아한다. 힘든 일이 있을 때면 주문처럼 그 말을 되뇐다. 오 분만, 하루만, 한 달만, 일 년만 기다리자. 그렇게 기다리다 보면 다 지난 일이 되었다. 지난 일은 지난 일일 뿐이다.

"저는요. 저를 아무 말 못 하게 하는 사람이 싫어요."

가을은 최대한 완곡하게 자신의 마음을 표현했다. 선은 또 다시 미안하다는 말을 하려다가 말았다.

"가을아, 언제든 도움이 필요하면 찾아와. 이제는 너한테 고마운 사람이 되고 싶어."

"아뇨. 그럴 일 절대 없을 거예요. 저는 이제까지 잘 살았고 앞으로도 그럴 거예요."

여기까지가 가을이 보여 줄 수 있는 최대의 예의다. 다신 학교로

불쑥 찾아오지 말라고 말할까도 싶었지만 엄마를 생각해서 그건 참았다.

가을은 그만 가 봐야겠다고 말했다.

카페에서 나오는데 선이 급하게 무언가를 사서 가을에게 주었다.

"할머니 갖다 드려. 만주가 맛있어 보여서. 내가 샀다는 말은 하지 말고."

가을은 선이 건넨 봉투를 받아들고 집으로 향했다. 가을은 뒤에서 자신을 보고 있는 선의 시선이 느껴졌다. 하지만 일부러 고개 돌리지 않았다.

집에는 할머니와 엄마가 모두 있었다. 다만 할머니는 거실에, 엄마는 자기 방에서 방문을 닫은 채 따로따로 있었다.

가을은 할머니에게 봉투를 건넸다.

"이게 뭐야?"

"아, 그냥. 지나가는데 맛있어 보여서."

선이 부탁한 대로 선이 샀다는 것을 밝히지 않았다.

"안 그래도 점심 일찍 먹어 출출했는데 잘됐다."

할머니는 봉투를 받자마자 곧바로 만주를 꺼냈다.

"어머, 어머. 이거 맛있다."

할머니는 맛있다며 만주 두 개를 연달아 먹었다. 가을은 주방에서 두유 한 팩을 꺼내 할머니에게 가져다주었다.

"목 막혀. 마시면서 먹어."

"가을아, 너도 하나 먹어 봐 ."

할머니가 만주 하나를 가을에게 주었다. 가을은 만주를 먹지 않고 그대로 들고 방으로 들어갔다.

책상 위에 만주를 내려놓았다. 아까 만주 받을 때 고맙다고 말할 걸 그랬나? 할머니가 그랬다. 살면서 고마울 때 고맙다 말하고, 미안할 때 미안하다는 인사만 잘해도 된다고. 너무 쉽고 당연한 것 같지만 이 당연한 걸 못 하는 인간들이 많다며 우리만큼은 잘 지키며 살자고. 그런데 왜 고맙다는 그 말 한마디를 못 하고 왔을까.

아빠에게 토끼 가죽으로 만든 옷을 받았다고 진홍색 댕기를 받았다고 고급 샤프를 받았다고 핸드폰을 받았다고 아이들은 자랑했지.

"이거 우리 아빠가 사 준 거다."

그때마다 가을은 아무렇지 않은 표정을 지으려고 노력했지만 아주 가끔은 그 말을 하는 아이들을 미워하기도 했다.

고작 만주일 뿐인데. 가을은 만주를 한입에 넣어 버렸다.

핸드폰을 열어 보니 신우에게 메시지가 와 있었다.

그분 잘 만났어?

가을은 아까 있었던 일을 담담하게 적어서 보냈다. 카페에서 십 분 정도 같이 있었을 뿐이다.

> 가을아, 나는 네가 괜찮았으면 좋겠어.

    신우가 보낸 문자를 보는 순간 모든 게 멈추었다. 글이라는 건 참 신기하다. 눈에만 남지 않고 마음에도 새겨진다. 가을은 천천히 신우가 보낸 메시지를 속으로 읽었다.

    괜찮다, 다 괜찮다.

    신우의 마음이, 신우의 글이 부적처럼 느껴졌다.

> 고마워, 신우야.

    신우와 메시지를 주고받는데 수수에게 영상 통화가 왔다.

    가을은 통화 버튼을 눌렀다. 화면에 수수 얼굴이 떴다. 탑 원피스를 입은 수수 뒤로 모리셔스 바다가 보인다.

    "너 얼굴이 왜 그래?"

    "제 얼굴이 왜요?"

    "표정이 별론데?"

    "아니거든요."

    가을은 일부러 더 과장되게 미소를 지었다. 하여튼 수수는 눈치 하나는 백단이다.

    수수와는 일주일에 한두 번씩 영상 통화를 한다. 모리셔스까지는 비행기를 타고 꼬박 열두 시간을 가야 하는데 이렇게 수수 얼굴을 보고 있으면 모리셔스가 옆집처럼 느껴진다.

"휴는 어디 갔어요?"

"서핑 하러. 요즘 서핑 하는데 재미 붙였어."

며칠 전에 휴가 서핑 하는 사진을 보내왔는데 바다 햇볕 때문인지 휴의 온몸이 새카맣게 탔다.

"너 다음 달 대면은 잘 준비하고 있지? 네가 요청한 거잖아!"

가을은 정신이 퍼뜩 들었다. 오월에 야호와 호랑족 원로들과의 첫 대면이 있다. 야호와 호랑은 구슬 전쟁에서 가을이 최초 구슬로 내린 명이 새겨져 더 이상 상대의 구슬을 탐할 수 없다. 같은 종족은 아니지만 같은 처지에 놓여 있기에 동맹을 맺기로 했다. 대면 날짜가 한 달도 채 남지 않았다. 가을은 요 며칠 할머니와 엄마 일 때문에 잠깐 잊고 있었다.

"까먹고 있었지?"

"아뇨. 아닌데요."

수수가 다 안다며 쯧쯧 혀를 찼다. 수수는 눈치도 빠르고 모르는 것도 없다. 혹시 수수라면 할머니와 엄마 일에 대한 답도 알고 있을까? 가을은 조심스레 수수에게 물었다.

"엄마랑 선이 다시 만나요."

"선? 그게 누군데?"

"있잖아요. 절 낳아 준."

"아! 네 아빠?"

"그렇게 부르지 말아요."

"그럼 뭐라고 불러? 네가 홍길동이야? 아버지를 아버지라고 부르지도 못하게?"

수수는 자기 농담이 재밌는지 목젖이 다 보이도록 깔깔대며 웃었다. 가을은 하나도 재미없었다. 홍길동이라니 언제 적 농담인가. 가을은 심드렁한 표정을 지은 채 수수의 웃음이 멈추길 기다렸다.

"근데 선이 왜?"

"할머니의 반대가 심해요."

가을은 선과 엄마가 앞으로 어떻게 될 것 같으냐고 물었다.

"하송이도 참. 지나간 인연을 왜 또 만난다니? 깨진 도자기는 붙여도 깨진 자국이 남아 있는걸."

가을은 수수의 말을 해석했다. 결국 잘 안 된다는 걸까?

"그런데 뭐 그대로 써도 괜찮으면 그냥 쓰는 거고."

"그래서 어떻게 된다는 거예요?"

"그걸 내가 어떻게 알아?"

가을은 입을 비죽거렸다. 맨날 다 아는 것처럼 말하더니만.

"내가 또 언제 다 아는 것처럼 말했어?"

가을은 깜짝 놀랐다. 분명 마음속으로 생각한 건데 수수는 어떻게 들은 거지? 수수는 알다가도 모르겠다.

"넌 대면 준비나 잘해. 야호족의 명예가 너에게 걸려 있어. 네 엄마랑 할머니 일은 둘이 알아서 할 거야. 각자 자기 할 일만 잘하면 된다고."

수수는 대면 때 필요한 자료를 메일로 보내 두었다며 확인하라고
했다.

"루비가 너를 잘 보좌한다고 했어. 우리 야호들은 네 편이니까 걱
정하지 마."

수수가 한국에 있다면 얼마나 좋을까. 수수는 본야호지만 모리셔
스에 있어서 이번 대면에 참석하지 않는다. 대신 수수는 떠나기 전
특별한 능력을 지닌 야호들을 소개해 줬다. 가을의 예상과 달리 수
수도 자기 구슬을 누군가에게 나누긴 했다. 하지만 수수는 역시 수수
다. 수수는 비범한 이들을 찾아 구슬을 나누어 주고 그 대가로 도움
을 받았다. 지난번 구슬 전쟁 때 신우를 조종한 위구슬도 그렇게 얻
어 낸 거다.

수수는 가을에게만 알려 주는 비밀이라며 가짜 위구슬에 대해 알
려 줬다. 야호의 몸속에서 탄생하는 구슬 말고 수수가 구슬을 준 특
정 야호가 만들어 내는 위구슬이 있다. 위구슬을 인간에게 삼키게 하
면 마음대로 조종할 수 있다. 수수는 가을로 변장해 신우에게 위구슬
을 삼키게 했다. 구슬 전쟁이 끝난 후 수수는 가을이 보는 앞에서 신
우의 위구슬을 빼내어 없앴다. 그때 일을 생각하면 가을은 이가 갈릴
정도로 화가 난다. 신우를 그런 위험한 상황에 처하게 만들다니.

"뭐 해? 또 그때 일 생각하는 거야?"

"아니거든요!"

하여튼 수수는 귀신 같다.

"자리가 사람을 만드는 거야. 잊지 마. 너는 령이 준 최초 구슬을 가진 야호라는 걸. 이제는 네가 최초 구슬의 주인이라고."

수수가 진지하게 말했고 가을은 천천히 고개를 끄덕였다. 그래, 내가 최초 구슬의 주인이다.

영상 통화를 끝낸 후 가을은 메일함을 열어 보았다. 수수가 보낸 메일이 있다.

대면에 참가할 본야호와 본호랑에 대한 정보가 50페이지도 넘었다. 수수는 호랑에게 얕보이면 안 된다며 단단히 준비하라고 일렀다. 호랑뿐만 아니라 야호들을 대하는 것도 걱정이다. 가을은 인간에서 야호가 된 종야호이고, 본야호들은 종야호를 자신보다 낮다고 여긴다. 본야호 중에서 가을에게 다정하게 대해 준 건 령과 휴뿐이다. 다른 본야호들은 이전의 수수 같을 게 뻔하다.

"쫄지 마."

순간 수수의 목소리가 들렸다. 영상 통화가 안 끊겼나? 핸드폰을 보니 역시나 통화는 진작 끊긴 상태다. 환청이 다 들리다니 아무래도 할머니한테 말해서 보약을 지어 먹든지 해야겠다.

산 넘어 산

저녁 시간이 다 되었는데 엄마도 할머니도 들어오지 않았다. 톡방에 언제 들어오느냐고 메시지를 남겼다. 엄마는 저녁을 먹고 온다 했고 할머니는 답이 없었다. 가을은 혼자 저녁을 먹었다.

방에서 쉬고 있는데 현관문 열리는 소리가 들렸다. 할머니인가 싶어 나갔는데 엄마다.

"할머닌?"

"아직."

벌써 아홉 시다. 할머니는 일찍 자고 일찍 일어나기 때문에 아홉시 넘어 집에 들어오는 적이 거의 없었다.

"네가 전화 좀 해 봐."

가을은 할머니에게 전화를 걸었다. 하지만 받지 않았다. 아까 가을이 보낸 메시지 옆에 '1'이 그대로다. 무슨 일이 있는지 메시지도 확인하지 않았다.

"할머니 전화 안 받는데?"

엄마가 직접 할머니에게 전화를 걸었다.

"무슨 일 생긴 거 아니겠지?"

엄마가 거실을 왔다 갔다 하며 안절부절못했다.

"나 때문에 엄마가 집을 나간 건가?"

할머니와 엄마가 냉전 중이긴 하지만 계속 비슷한 상태였다. 상황이 더 좋아지거나 더 나빠지지 않았다. 할머니는 엄마와 마주할 때마다 "헤어져."라고 말했고 그때마다 엄마는 지지 않고 "싫거든." 하고 대꾸했다. 처음에는 그 말에 화난 감정이 고스란히 담겨 있었는데 시간이 지나면서 서로 기계적으로만 그 말을 주고받았다. 이 주 내내 둘이 그렇게 지냈기에 엄마의 연애 때문에 할머니가 가출한 거라면 조금 늦은 감이 있다.

가을은 아침 일을 떠올렸다. 할머니는 누군가와 계속 전화를 했다. 가을이 학교 다녀온다는 말을 했지만 할머니는 듣는 둥 마는 둥 했다.

"경찰에 신고해야 하는 거 아냐?"

엄마가 겉옷을 가지고 나왔다. 이상하게 가을은 이 상황이 낯설지 않았다. 전에도 비슷한 일이 있었는데. 할머니가 밤늦도록 집에 오지 않은 적이 있었다. 가을이 설마 아니겠지, 라고 생각하고 있는데 문이 열리며 할머니가 들어왔다.

"엄마! 어디 갔었어?"

할머니가 그대로 멈춰 섰다. 그러더니 갑자기 흐느꼈다.

"내가 죄인이다. 내가 죄인이야."

엄마는 얼마나 걱정했는지 아느냐며 금방이라도 울음을 터트리기 직전이지만 가을은 할머니의 저 말도 기억났다. 그때도 할머니는 저 말을 그대로 했으니까.

"왜 그래, 엄마? 무슨 일이야?"

엄마가 놀라서 할머니 곁으로 가까이 다가갔다. 엄마도 그때 일이 기억났나 보다.

"아니지? 이번엔 아니지? 아닐 거야."

엄마는 독백하는 연극배우처럼 계속 아닐 거라는 말만 반복했고 할머니는 고개만 푹 숙인 채 한 마디도 하지 않았다.

"엄마가 돈이 어딨어? 돈이 있어야 사기도 당하는 거잖아."

엄마는 계속 부정하며 할머니에게 물었다. 엄마 말대로 할머니는 지금 가진 게 없었다. 전에는 할머니 앞으로 예금도 있었고 집도 있었다.

"엄마, 뭐라고 말을 해 봐. 내가 생각하는 거, 아니지? 그치?"

할머니와 엄마로부터 한 발 떨어져 서 있는 가을만큼은 이 상황이 잘 보였다. 이건 누가 보더라도 엄마가 아니라고 믿고 싶은 일이 벌어진 모습이다. 엄마의 부정을 할머니는 부정하지 않았다.

엄마의 계속된 추궁에 할머니가 어렵게 입을 열었다.

"이 집……."

"뭐? 이 집 우리 거 아니잖아. 세든 거잖아."

"전세금 뺐어."

엄마가 다리에 힘이 풀렸는지 소파에 스르르 주저앉았다. 가을은 얼른 물을 가져와 할머니와 엄마에게 각각 주었다. 엄마는 어떻게 된 일이냐고 묻지 않았다. 할머니의 행동으로 보아 전세금을 다 날린 게 분명하다.

엄마와 할머니 사이에, 아니 이 집 전체에 침묵이 흘렀다.

얼마나 지났을까. 먼저 입을 연 건 엄마다.

"밥은?"

할머니는 지금 그게 뭐가 중요하느냐고 했다. 밥을 안 먹었단 뜻이다. 엄마는 한숨을 크게 내쉰 후 주방으로 갔다.

잠시 후 엄마가 양푼을 들고 나왔다. 거기에는 할머니가 좋아하는 열무 비빔밥이 있었다.

"드셔. 하루 종일 또 아무것도 못 먹었을 거 아니야."

할머니는 탁자 위를 한 번 쳐다보기만 했을 뿐 숟가락을 들지 않았다. 가을이 숟가락을 들어 건넸다.

"할머니, 얼른 먹어."

할머니는 숟가락을 받지 않았다.

"엄마, 괜찮아. 그깟 돈이 중요해? 엄마 건강이 중요하지."

엄마가 이 말을 하고 나서야 할머니가 숟가락을 받아들었다. 그런데 할머니가 밥을 뜨지 않았다.

"저기, 가을아……."

"먹어. 할머니, 먹어도 돼."

"아니 그게 아니고, 참기름."

가을은 주방으로 들어가 참기름을 가져왔다. 병뚜껑을 열어 밥 위에 살짝 둘렀고 할머니가 밥을 먹기 시작했다.

식사를 마친 후 할머니는 할 말이 있다며 가을과 엄마를 불렀다. 둘은 할머니가 편히 밥을 먹을 수 있도록 방으로 들어와 있었지만 내내 할머니가 부르기를 기다렸다.

"니들, 비트코인 알지?"

엄마가 할머니에게 비트코인도 할 줄 아느냐고 물었다.

"줌바 댄스에서 만난 언니가 부동산으로 돈을 많이 벌었대. 그런데 부동산은 규제가 너무 많다며 이제는 비트코인이라는 거야."

가을은 수수한테 비트코인 이야기를 들어 본 적이 있다. 수수는 돈이 되는 거라면 뭐든지 했다.

"채굴을 하려면 삽이 필요하다는 거야."

"뭐?"

깜짝 놀란 가을과 엄마가 동시에 되물었다. 비트코인과 채굴이 연관어지만 여기서 왜 삽 이야기가 나올까?

"삽 살 돈을 투자해야 한다고 해서 비상금을 좀 보냈지. 그랬더니 정말로 다섯 배를 돌려준 거야. 저 냉장고 있지? 그 돈으로 샀어."

봄이 되면서 갑자기 냉동고뿐만 아니라 냉장고 속 식품도 얼기 시작했다. 작년에 이사를 오면서 중고로 급하게 산 거였다. 언제 어디로 이사 갈지 모르는 가을네는 웬만해서는 새 제품을 사지 않고 늘 중고만 구입해 썼다. 그런데 할머니는 얼음이 나오는 정수기 냉장고를 무척 갖고 싶어 했다. 얼마 전 할머니가 오랫동안 염원하던 얼음 정수기 냉장고를 직접 샀다. 그때 할머니는 엄마에게 받은 용돈을 모아 샀다고 했다.

"다섯 배라니 그런 수익이 또 어딨겠어? 다섯 배는 기본이고 잘만 하면 오십 배, 오백 배도 될 수 있다는 거야. 그래서 전세를 월세로 바꾸고 보증금으로 투자했지."

엄마와 가을은 입을 떡 벌린 채 아무 말도 하지 않았다. 너무 어이가 없으면 어떤 말도 나오지 않는다.

"엄마, 누가 코인 채굴을 삽으로 해? 그건 가상 화폐라고. 가상! 컴퓨터로 하는 거란 말이야. 비트코인에 대해서 아무것도 모르면 하지 말았어야지. 모르면서 왜 덤벼?"

엄마는 머리가 아픈지 엄지로 관자놀이를 꾹꾹 눌렀다.

"대체 왜 그래? 한동안 잠잠했잖아. 그냥 내가 주는 용돈으로만 살면 안 돼? 내가 많이 주지는 못해도 부족하게 주지 않으려고 노력하잖아. 왜 알지도 못하는 걸 하겠다고 나서? 왜?"

화를 꾹꾹 누르던 엄마가 결국 버럭 소리를 질렀다. 가을은 할머니와 엄마의 눈치만 봤다.

"난 너 고생 안 하게 해 주려고 그랬지. 너 연재 시작하면 잠도 못 자고 먹지도 못하고 일하잖아. 가을이 사 주고 싶은 것도 다 사 주고, 예쁜 옷도 입히고 싶고, 새 침대, 새 책상도 쓰게 해 주고 싶었어. 이 제까지 내가 다 날려 먹었으니까."

얼마 전 할머니가 가을을 보며 이제 고생 끝났다는 말을 한 게 떠올랐다. 그게 그 뜻이었나 보다. 가을은 왜 진작 할머니에게 제대로 물어보지 못했나 후회되었다. 후회는 늘 늦다.

"돈은 내가 벌잖아. 이제까지 계속 그랬잖아."

"그럼 난 언제까지 너한테 받아만 쓰는데? 나도 뭔가를 하고 싶었어. 그래, 비트코인. 하도 사람들이 그거로 돈 벌었다고 난리니까 나도 하면 될 줄 알았어. 그 돈 벌어서 떵떵거리며 살고 싶었다고."

"그럼 비트코인에 대해서 좀 알아보고 하든가! 삽으로 채굴한다는 걸 믿는 멍청이가 어딨어?"

"여기 있다. 어쩔래?"

엄마와 할머니는 탁구를 하듯 랠리를 이어갔다. 핑, 퐁, 핑, 퐁.

"모르면 가만있으라고? 시키는 대로만 하라고? 나도 돈도 벌고 싶고 뭔가 역할을 하고 싶다고. 나 더 이상 뒷방 늙은이 싫어!"

할머니가 울음을 터트리듯 말을 내뱉었고 엄마는 할머니 말을 받아 내지 못했다. 또르르 공이 바닥으로 떨어져 굴러갔다.

모르면 가만있으라는 말은 엄마가 할머니에게 자주 하는 말이다. 세상은 계속 변하고 새로운 문물과 문화가 만들어졌다. 열차를 타는 것도 신용카드를 쓰는 것도 인터넷을 하는 것도 스마트폰을 사용하는 것도 가을과 엄마에겐 크게 어렵지 않았다. 하지만 할머니는 몇 번을 알려 줘야 간신히 하거나 결국 하지 못해 포기했다. 할머니는 여전히 은행에 직접 찾아가 돈을 보내고 물건도 꼭 가게에 가서 직접 샀다. 얼마 전에는 무인상점에 갔다가 계산을 하지 못한 채 그냥 돌아왔다.

가을은 할머니가 세상이 너무 빠르게 바뀌어 힘들다고 푸념할 때마다 "응. 그랬어?" 하고 한 귀로 듣고 한 귀로 흘렸다. 무인 기계 앞에서 할머니가 무슨 생각을 하고 어떤 감정을 느꼈을지 생각해 보지 못했다.

"난 무얼 하기엔 너무 늙었나 봐."

할머니가 탄식하듯 말했고 엄마는 늙긴 뭐가 늙었냐고 했다.

"쉰다섯이면 한창 청춘이지. 유엔에서도 그랬다잖아. 청춘 기준이 예순다섯까지라고. 예순여섯부터 일흔아홉까지는 중년이고, 여든부터 노인이라잖아. 엄만 청춘이라고."

"그건 지금 기준이고. 나는 다 살았는데 계속 살라네. 에휴, 참."

가을은 가끔 할머니가 부러웠다. 할머니는 그래도 아이부터 청년, 중년, 노년의 삶을 다 살아 봤으니까. 할머니처럼 모든 연령을 살아 본 후라면 시간이 멈춰도 괜찮지 않을까 싶었다. 하지만 계속 노인으로 사는 것도 쉽진 않을 거 같았다.

"할머니, 그래도 할머니가 지금까지 살았으니 최빈우를 본 거지."

최빈우는 요즘 할머니가 가장 좋아하는 배우다. 할머니는 최빈우가 나오는 방송은 다 찾아보았다.

"그건 그렇지."

할머니가 최빈우 생각을 하는지 슬며시 웃었다.

"엄마, 우리가 언제 돈 있었어? 나 곧 연재 시작할 거야. 걱정 마. 그깟 돈 내가 벌면 되지."

엄마는 할머니와 가을에게 걱정 말라고 했다. 가을은 이렇게 큰소리 뺑뺑 치는 엄마가 좋았다.

"저기, 그런데 있잖아."

할머니가 조심스럽게 엄마를 불렀다. 가을은 고개를 저었다. 아니야, 할머니. 오늘은 여기서 끝내자. 더 이상 최악은 없어야 해. 하지만 할머니는 가을의 바람을 무참히 짓밟았다.

"우리 이사 가야 해. 집주인이 곧 들어온다네."

"보증금도 다 날렸다며? 보증금 없이 우리가 어디로 이사를 가?"

엄마가 양손으로 자기 머리를 쥐어뜯었다.

"정말 미안하다. 나는 너희 데리고 더 좋은 집으로 가려고 했을 뿐인데."

할머니 어깨가 더 움츠러들었다. 가을은 갑자기 멍해졌다. 이러다가 길거리에 나앉는 건 아니겠지?

어느새 밤 열두 시가 다 되어 가고 있었다. 엄마는 내일 다시 생각해 보자며 그만 자자고 했다. 내일 학교에 가야 하는 가을도 그만 방으로 들어왔다.

침대에 누웠지만 할머니가 걱정되었다. 가을은 베개를 들고 할머니 방으로 들어갔다. 누구보다 할머니가 제일 속상하겠지.

"할머니, 나 여기서 자도 돼?"

할머니가 들어오라고 손짓했다. 할머니 오른쪽 옆에 누웠는데 노크 소리가 들리며 방문이 열렸다. 이번에는 엄마다. 엄마도 베개를 들고 들어왔다.

"뭐야? 가을이 너도 여기 있었어?"

엄마가 할머니 왼편에 누웠다. 세 모녀가 이렇게 다 같이 모여 자는 건 정말 오랜만이다. 셋이 모여 자니 옛날 생각이 났다.

"우리 산동네 살던 거 기억 나? 그때 여기보다 더 좁은 방에서 셋이 잤잖아."

가을은 두심과 친구였던 시절을 떠올리며 말했다. 그때 천장에서 매일 밤 운동회를 하는 쥐들 때문에 얼마나 힘들었는지 모른다.

"살수록 쉬워져야 하는 거 아닌가? 왜 점점 더 어려워지고 복잡해지는 건지. 문제 하나가 해결되면 또 다른 문제가 생기고, 해결하면 또 생기고."

엄마가 한탄하듯 말했고 할머니는 원래 문제가 끝이 없는 게 인생이라고 했다. 이제까지 살면서 수많은 위기를 겪었다. 고난이 닥칠 때는 왜 이런 일이 생기는 거냐며 다투고 좌절하고 슬퍼했지만 그때마다 가을네 세 모녀는 더 똘똘 뭉쳤다. 위기가 올 때마다 셋은 손을 꼭 잡고 더 단단해졌다.

세 모녀는 과거에 있었던 일을 하나씩 꺼내기 시작했다. 셋이 다르게 기억하는 것도 있었고, 한 명은 기억하고 둘은 기억하지 못하는 일도 있었다. 할머니와 엄마와 가을의 이야기가 끝없이 이어졌다.

오늘 밤 잠은 다 잤다.

"앞으로 구슬 전쟁을 하지 않아도 되어서
얼마나 다행인지 모릅니다.
원래 범과 여우는 친구지 않습니까?"

야호랑의

2부

탄생

이사

이사를 앞두고 가을은 마음이 싱숭생숭했다. 이 결정이 과연 맞는 걸까? 수수나 만사통에서 돈을 빌리는 걸 생각하지 않은 건 아니다. 수수는 싫은 소리를 하겠지만 돈을 빌려줬을 테고, 만사통도 차용증을 쓰면 전세금 정도는 빌릴 수 있었을 거다. 하지만 엄마와 할머니가 반대했다. 예전이라면 모를까 명색이 최초 구슬을 가진 가을이 그러는 건 아무래도 모양새가 좋지 않다고 했다. 그러다가 결국 다른 방도가 없어 돈을 빌릴 상대로 수수냐 만사통이냐를 놓고 고민하고 있는데 뜻밖의 제안을 받았다. 가을의 고민을 들은 유정이 "우리 집으로 와. 남는 방 있어."라며 아무렇지 않게 말했다. 가을은 말도 안 된다며 단칼에 일축했다. 유정은 선과 함께 살고 있다.

그런데 집주인이 들어온다는 날짜가 일주일 앞으로 다가왔고 그사이에 이사 갈 집을 찾는 건 쉽지 않았다. 결국 가을네 세 모녀는 임시로 유정네 집으로 가기로 했다. 엄마의 연애를 대놓고 반대했던 할머니가 가장 난처해졌다. 다른 집도 아닌 선이 사는 집이라니 할머니가 당연히 싫다고 할 줄 알았는데 순순히 가겠다고 했다. 할머니는 지금 찬밥 더운밥 가릴 때냐며 오히려 남도 아니니 잘되지 않았냐고 했다. 가을이 왜 남이 아니냐고 빽 소리를 지르니 할머니는 "비슷한 종족이니까 그리 말한 거지."라며 둘러댔다.

조선 순조 때였나. 동네에 가을네 집을 가리켜 과부네라고 놀리던 아이가 있었다. 가을이 놀림 당하는 걸 할머니가 보게 되었고 할머니와 그 집 할머니가 크게 싸웠다. 할머니는 그 집 사람들과 다시는 상종하지 않을 거라고 했지만 겨울에 가뭄이 들었을 때 그 집으로 일을 하러 다녔다. 그때 가을은 이해하지 못했다. 다른 집도 있을 텐데 하필 그 집이라니. 할머니는 귀찮게 뭘 더 알아보느냐고 오라는 곳이 있는 게 어디냐고 했다. 할머니는 살면서 '절대'라는 건 없다고 했다. 상황을 봐서 맞춰 가야 한다며 말이다. 그때 가을은 어른으로 사는 게 결코 쉽지 않다는 걸 어렴풋이 깨달았다.

할머니가 가겠다고 하는데 가을이 못 가겠다고 할 것도 없었다. 게다가 선은 가을네 가족이 이사 오면 불편할 수 있다며 현의 집으로 가서 지낸다고 했다. 유정네 집에 방이 세 개 있어 유정이 쓰는 방을 제외하고 나머지 두 개를 가을네가 마음대로 쓰면 된단다. 다른 집을 구할 때까지 '임시'일 뿐이다. 가을은 그 두 글자를 머릿속에 새기고 또 새겼다.

이삿짐이라고 해 봐야 옷과 책 조금밖에 되지 않았다. 쓰던 물건들은 대부분 중고로 팔았다. 할머니가 새로 산 얼음 정수기 냉장고를 팔기 아쉬워해서 그것만 가져가기로 했다. 할머니는 정수기 물맛이 아주 좋다며 냉장고가 천덕꾸러기가 되지 않을 거라고 했다.

유정네 집 앞에 도착했다. 가을은 이 집에 찾아온 적이 두 번 있었다. 한 번은 유정을 미행하려고 또 한 번은 신우를 찾기 위해. 그때만 하더라도 이 집에서 살게 될 줄 몰랐다.

세 모녀는 벨을 누르기 전에 오른발로 바닥을 두 번 쿵쿵 밟은 후 다짐했다.

"세입자로서의 품위를 잃지 않도록."

할머니가 먼저 말했고 엄마와 가을이 동시에 그 말을 따라했다. 새 집으로 들어가기 전에 세 모녀가 하는 의식이다. 세상은 갑과 을로 나뉘는 게 아니라 품위가 있는 자와 없는 자로 나뉜다. 어떤 위치에 있더라도 품위를 지키는 일이 중요하다는 게 오백여 년을 살면서 깨달은 세 모녀의 지혜다.

벨을 누르자 선이 직접 대문까지 나와서 문을 열어 주었다. 가을이 인사하니 선이 미소로 화답했다. 얼마 전 선과 단둘이 만났을 때가 떠올랐다. 도움이 필요하면 언제든 찾아오라는 선의 말에 가을은 아주 당당하게 절대 그럴 일 없을 거라고 말했다. 그 말을 한 지 한 달도 채 되지 않았다. 아직 그 말은 공기 중에 떠다니고 있을지 모른다. 아, 어디 쥐구멍이 없을까. 있다면 둔갑해서 숨고만 싶었다.

"집이 좀 멀죠? 제가 모시러 갈 걸 그랬나 봐요."

선이 살갑게 말하며 할머니의 짐 가방을 대신 들었다.

"난 괜찮아. 가을이 학교가 멀어져서 그렇지."

할머니도 못지않게 다정한 말투로 대답했다. 가을은 입을 쩍 벌린 채 할머니를 바라봤다. 반대하던 할머니는 어디로 갔나요?

유정네 집은 학교에서 버스를 타고 삼십 분이나 가야 한다. 엄마가 이왕 이렇게 된 거 유정과 함께 이 근처로 전학을 오는 게 어떻겠느냐고 했지만 가을은 싫다고 했다. 신우와 떨어지는 건 안 된다. 삼십 분, 아니 세 시간이 걸려도 통학할 수 있다.

"방 보여 줄게. 따라와."

유정이 2층으로 가을을 데려갔다. 가을은 유정과 같이 방을 쓰기로 했는데 유정의 방은 2층에 있다. 할머니와 엄마는 1층에 있는 방두 개를 각각 쓰기로 했다.

유정 방에 침대가 두 개 있다.

"원래 침대가 두 개야?"

"아니. 삼촌이 너 온다고 샀어. 오른쪽이 새 거야."

"난 바닥에서 자도 되는데."

가을은 말은 그렇게 했지만 내심 좋았다. 침대 생활을 한 지 얼마나 되었다고 이젠 침대가 없으면 허리가 아프다.

"불편할 텐데 같이 쓰자고 해 줘서 고마워."

가을은 유정에게 진심으로 말했다.

"불편할 게 뭐가 있어. 코만 안 골면 돼."

"진짜? 나 코 고는데."

"뭐?"

가을의 말에 유정이 당황했다.

"실은 이도 갈아."

"뭐, 괜찮아."

유정은 말과 표정이 달랐다. 괜히 같은 방을 쓰자고 했나 후회하는 것 같았다.

"농담이야. 나 진짜 조용히 잘 자."

가을이 혀를 날름 내밀며 장난이었다고 말했다. 가을은 혼자 방을 쓸 때보다 엄마, 할머니와 함께 쓸 때가 더 많았다. 셋이 함께 자다 보면 얌전히 자게 된다. 서로 방해하지 않으려는 마음에서 저절로 몸이 그렇게 변화해 적응했다.

짐을 거의 정리했을 때 즈음 1층에서 엄마가 불렀다.

"얘들아, 저녁 먹어."

내려가 보니 주방 식탁 위에 배달된 중국 요리가 있다. 짜장면과 짬뽕, 탕수육이다. 아침부터 이사 준비를 했더니 배가 고팠다. 가을은 짜장면을 쓱쓱 비벼 먹었다.

"역시 이삿날은 짜장면이라니까."

할머니 말을 들은 유정이 물었다.

"그런데 왜 이삿날 짜장면을 먹는 거죠? 삼촌, 우리도 이사할 때

늘 짜장면을 먹잖아."

가을도 이상하긴 했다.

"예전에는 배달되는 음식이 짜장면밖에 없었으니까."

선이 웃으며 말했고 다들 "아아." 하고 고개를 끄덕였다. 배달되는 음식은 짜장면이 전부였던 때가 있었다. 지금처럼 아이스크림까지 배달되는 시대가 올 줄이야.

한참 음식을 먹고 있는데 현관문이 열리며 현이 들어왔다. 현은 할머니와 엄마를 보고 놀란 것 같았다.

"봄, 여름?"

현이 할머니와 엄마를 가리키며 물었고 할머니가 그렇다고 대답했다. 학교에서 현은 둔갑한 봄과 여름을 만났지만 실제 모습의 둘은 처음 만난다. 현은 고개를 꾸벅 숙여 할머니와 엄마에게 다시 공손하게 인사했다.

"형, 내 거도 시켜 놓지."

"너 올 줄 몰랐지."

현이 선에게 형이라 불렀다. 가을은 갑자기 머리가 아팠다. 현은 선의 동생이고 유정은 선의 조카고 가을은 선의 딸이면 가을과 유정, 현의 관계는 어떻게 되는 거지? 뭐 이런 꼬인 관계가 다 있는 거지? 아, 모르겠다. 복잡해서 가을은 더 이상 따지지 않기로 했다.

현이 유정 옆에 앉았고 유정이 자연스럽게 젓가락을 건넸다.

"짜장면 새로 시켜 줄까?"

유정의 물음에 현이 괜찮다고 했다. 그러자 유정이 탕수육을 빈 접시에 덜어 현에게 주었다. 현이 묻지도 않고 유정의 짜장면을 먹었는데 유정은 조금도 화를 내지 않았다. 얼마 전 쉬는 시간에 유정과 함께 쿠키를 먹는데 한 봉지에 여덟 개가 들어 있었다. 유정이 이야기를 하다가 조금 늦게 먹었고 가을이 자기 몫 네 개를 다 먹고 한 개를 더 먹으려고 하자 유정이 가을의 손을 탁 쳐 내며 매섭게 말했다.

"내 거에 손대지 마. 내 음식에 손대는 거 그 누구라도 용서치 않아."

가을은 다시 안 그러겠다고 사과했다. 유정도 가을처럼 배고픔에 굶주렸던 기억 때문인지 자기 음식에 대한 애착이 강했다. 그랬던 유정이 현에게는 순순히 제 먹을 것을 다 나눠 주고 있다.

이삿짐이 많지 않아 정리가 오래 걸리지 않았다. 엄마에게 방을 양보한 선은 현과 함께 현의 집으로 갔다. 현의 집은 걸어서 십 분 정도밖에 걸리지 않는다. 정리를 끝낸 할머니와 엄마도 각자의 방으로 들어갔다.

가을이 침대에 누워 잘 준비를 하는데 신우에게 이사 잘했느냐고 연락이 왔다.

신우에게 답을 보내는데 유정이 방으로 들어왔다. 옆 침대에 유정이 누웠다. 가을과 유정의 침대는 2미터 정도 떨어져 있다. 천장을 바라보고 누운 유정이 말했다.

"너랑 이렇게 있으니까 여기가 꼭 기숙사 같아."

"너 기숙사에서 지낸 적도 있어?"

"응. 몇 번 있었어. 4인실, 2인실 다 지내 봤어."

"왜 기숙사에 갔어?"

"그냥 살아 보고 싶었어. 삼촌이 고맙긴 한데 계속 같이 사는 건 좀 지겹기도 하니까. 너희 모녀들은 한 번도 떨어져 산 적 없어?"

"응."

가을은 할머니, 엄마와 떨어져 사는 것을 상상조차 해 본 적이 없다. 셋은 항상 한 집에서 같이 살았다. 가을의 신체 나이 때문에 당연히 그래야 하는 줄 알았는데 유정도 그렇고 휴와 현도 혼자 살았다.

"현 좋아한 지 오래됐어?"

가을은 돌려 말하지 않고 직접적으로 물었다. 학교에서는 다른 아이들의 귀가 있어 물어보지 못했다.

유정이 침대에서 벌떡 일어났다.

"어떻게 알았어? 내가 현이 좋아하는 거?"

유정은 몹시 당황했고 가을은 풉, 하고 웃음을 터트렸다.

"야, 그렇게 티가 나게 좋아하는데 어떻게 모를 수가 있어? 우리 반 아이들뿐만 아니라 옆 반 아이들도 다 알아. 네가 너무 대놓고 좋아하니까 다른 애들은 김현 멋있다고 말만 하지 좋아한다고는 말도 못 한다고."

아이들은 유정과 현이 절대로 친척일 리가 없다며 사돈의 팔촌 같은 피가 섞이지 않은 친척이 분명하다는 결론까지 내렸다. 모두가 다 아는 사실을 유정만 몰랐다.

"또 들켰군."

유정이 담담한 말투로 말했다.

"세상이 다 알겠다. 네가 김현 좋아하는 거."

"아니. 다는 아니야. 현은 모르니까."

"어떻게 몰라?"

가을은 말도 안 된다고 했다.

"현은 모른 척해. 내가 자길 좋아하는 거. 세상 전부 몰라도 되는데. 현이만 알아주면 되는데."

유정이 씁쓸하게 말했다.

"언제부터 현이를 좋아했어?"

"처음 봤을 때부터. 이제 오백 년 되었네."

가을은 허, 하고 한숨을 내쉬었다. 맙소사 오백 년이라니. 가을은 그게 가능한 일인가 싶었다. 사랑 없으면 못 사는 수수는 항상 그 대상이 바뀌었고 엄마와 선도 오백 년을 떨어져 있다가 다시 만난 건 최근이다. 가을이 야호로 살면서 깨달은 것 중 하나가 영원한 건 없다는 건데 그중에 대표적인 게 사랑이었다.

"아, 현이 보고 싶다."

유정이 침대에서 뒹굴거리며 말했다. 현이 집으로 간 지 고작 한 시간이 지났다.

"넌 김현이 뭐가 그렇게 좋아?"

가을은 도통 이해가 가지 않았다.

"그럼 넌 신우 왜 좋아하는데?"

"그거야 당연히 신우는……."

가을은 말문이 막혔다. 신우를 좋아하는데 이유는 없다. 물론 신우는 다정하고 귀엽고 잘생기고 따뜻하다. 신우의 장점을 백 가지도 넘게 들 수 있다. 그런데 그런 이유 때문에 신우를 좋아하는 게 아니다. 신우가 좋기에 백 가지도 넘는 이유를 들 수 있는 거다. 신우는 그냥 좋다. 신우라서 좋다. 신우니까 좋다.

가을은 더 이상 유정에게 묻지 않기로 했다. 유정에게 있어 현도 그럴 테니까. 가을은 현의 미운 점이 잘만 보이는데 유정에겐 그렇지 않겠지.

"처음 본 순간부터 좋았어. 그냥 현이 좋아. 현과 있으면 주변 모든 게 사라지고 현만 보여. 현이 말하는 순간 주변 소리는 다 음소거 되고 사람들은 모자이크 처리가 돼. 나는 현만 들리고 현만 보여. 오백 년 동안 그랬어. 그런데 현은 아니야. 현은 나를 봐 주지 않아. 나는 항상 현만 보는데, 정말로 현만 보고 있는데. 현은 내 생각 자체야. 너무 자주 현의 생각을 하니까 현이 내 생각에 딱 달라붙어 버린 거야. 나 수업 시간에 졸다가도 현 목소리가 들리면 깬다. 웃기지?"

가을은 유정의 지난 시간을 보지 않아도 상상할 수 있었다. 그 시간 동안 유정은 하나도 변하지 않았을 거다.

"가을아, 종종 그런 생각을 해. 만약 내 시간이 흐른다면 현을 좋아하지 않게 될까? 삼촌이 그러더라고. 내 시간이 흐르지 않아서 현을 계속 좋아하는 거라고. 내가 스무 살이 되고 스물다섯이 되면 현이가 눈에도 안 들어올 거래. 그런데 말이야. 그럴 리는 없지만 나에게 나이가 드는 것과 지금처럼 멈춰 있는 선택지가 있다면 난 현을 사랑하는 지금에 머무를 거야."

유정의 목소리는 설레기도 했지만 슬프기도 했다. 가을은 유정의 노트에서 봤던 시가 떠올랐다. 정말로 유정은 오백 년을 하루처럼 하루를 오백 년처럼 살았을 거다. 가을은 시를 보고 웃었던 게 몹시 미안했다.

"근데 현은 마음에 품고 있는 사람이 따로 있어."

가을은 알고 있다는 말은 하지 않았다. 아마 만년필과 관련된 그 아이겠지.

어두운 방 안에 유정의 생각이 야광 글씨처럼 여기저기 떠 있는 듯했다.

현아, 너를 좋아해. 정말 많이 좋아해.
너를 미워해. 내 마음을 몰라주는 너를 정말 많이 미워해.

좋아하고 미워하는 마음이 같기에 어느 쪽으로도 기울지 않았다.

준비

대면을 앞두고 가을은 준비할 게 많았다. 일주일에 한두 번 꼴로 전화를 걸어오던 수수는 매일 연락해 가을을 채근했다. 수수에게 잘할 수 있을지 모르겠다고 하소연하니 수수는 자기가 하겠다며 대신 최초 구슬을 넘기라고 했다. 가을은 "그럼 오백 년 기다리든가요. 아니다. 이제 사백구십구 년 남았네요."라고 쏘아붙이고 통화를 끝냈다. 령이었다면 '힘들지?' 하며 위로해 줬을 텐데 수수는 정말 속만 박박 긁는다.

가을이 힘겨워하자 유정과 현이 도와주겠다고 나섰다. 호랑족에 대한 실질적인 정보는 수수도 알려 줄 수 없는 부분이기에 가을은 둘의 제안을 거절하지 않았다. 수업이 끝난 후 현도 함께 유정의 집으로 가기로 했다.

신우가 가방을 챙겨 들고 가을 쪽으로 왔다. 그제야 가을은 오늘 약속이 떠올랐다. 신우와 함께 과제를 하기로 했다. 장래 희망 직업에 관한 포트폴리오를 만드는 진로 수업 숙제다.

"어쩌지 신우야. 나 오늘 같이 못 할 거 같은데."

가을이 유정과 현 쪽을 가리키며 도움을 받기로 했다고 말했다.

"그럼 내일 같이 할래?"

"아, 내일도 안 될 것 같아."

대면이 이번 주 토요일이다. 그 전까진 다른 데 신경 쓸 겨를이 없다.

"신우야, 미안한데, 그냥 이번 과제는 각자 하자."

"아, 어쩔 수 없지 뭐. 그럼 그렇게 하자."

신우는 학교에 조금 더 있겠다고 해서 가을은 유정, 현과 함께 먼저 나왔다.

가을은 자꾸 교실 쪽을 돌아봤다.

"왜 그래?"

유정이 가을을 따라 돌아보며 물었다.

"아냐, 아무것도."

가을은 신우의 서운한 표정이 계속 신경 쓰였다.

집에는 할머니와 엄마 모두 있었다. 엄마는 새로운 웹소설 시놉시스를 짜야 한다며 요즘 외출을 삼가고 있다. 할머니가 간식을 준비해 주겠다며 물었다.

"뭐 먹고 싶은 거 있어?"

"떡볶이요!"

유정이 곧바로 대답했다. 할머니가 마트에 다녀온다며 나갔고 셋은 2층으로 올라왔다.

"너희 가족 그냥 계속 여기 같이 살면 좋겠다. 할머니 음식 진짜 맛있어."

유정이 거실 소파에 앉으며 말했다. 유정은 할머니의 음식이 너무 맛있어 일주일 사이에 몸무게가 2킬로그램이나 늘었다고 했다.

"근데 너희들 떡은 먹는구나."

"당연히 먹지. 떡 안 먹고 어떻게 살아?"

유정은 빵보다 떡을 더 좋아한다고 대답했다. 가을은 '해와 달이 된 오누이' 이야기 때문에 호랑족이 떡을 좋아하지 않을 거라고 생각했다. 그러나 유정은 호랑족에게 떡은 금기 음식이 아니라고 했다.

"곶감 안 먹는 건 맞잖아?"

"응. 그건 못 먹지. 우린 곶감 먹으면 안 돼. 심지어 감도 안 먹는다고."

이번에는 현이 대답했다. 가을은 잘 이해가 가지 않았다. '곶감과 호랑이' 이야기보다 '해와 달이 된 오누이' 속 호랑이가 더 나쁜 것 같은데 호랑족들은 '곶감과 호랑이'를 더 기분 나빠 했다.

"떡은 되는데 왜 곶감은 안 돼?"

"못된 건 괜찮지만 멍청한 건 안 돼."

현이 명확하게 말했다. 가을은 호랑족의 특성이 조금씩 이해가 되었다. 야호족과 호랑족은 비슷한 게 많지만 문화가 다르다. 가령 야호가 은혜를 반드시 갚는다면 호랑은 원한을 반드시 갚아 준다는 원칙이 있다. 유정은 그거나 그거나 비슷하지 않느냐고 했지만 달라도 너무 다르다.

수수에게 받은 호랑족의 명단을 셋이 함께 봤다.

"난 이 감독이 호랑족인 줄 몰랐어."

가을이 '크리스 최' 감독을 가리켰다. 크리스 최는 헐리우드에서 활동 중인 한국계 감독이다. 기묘한 스토리텔링 때문에 유명 영화제에서 상을 여러 차례 받았을 뿐만 아니라 전 세계적으로 팬이 많다. 가을도 크리스 최 감독 영화를 좋아한다. 그가 만든 영화는 두 번 이상 봐야 한다. 처음은 이야기를 따라서 보고 두 번째는 색감이나 의상 등 독특한 미장센을 관심 있게 본다. 8월에 크리스 최가 새로 만든 영화가 개봉한다고 해서 신우와 같이 보러 가기로 했다.

"크리스 최가 뭘 만들었는지 알면 더 깜짝 놀랄걸?"

유정이 쿡쿡 웃으며 말했다. 가을은 유정이 왜 그러는지 궁금했다.

"크리스 최가 구미호 전설 만들었어."

"뭐?"

사람의 간을 뺏어 먹는다는 구미호 전설은 야호들이 가장 끔찍하게 여기는 전설이다. 그 전설 때문에 얼마나 야호들이 억울했는지 모른다. 가을은 갑자기 크리스 최의 영화가 보고 싶지 않아졌다.

현과 유정은 자신들이 아는 정보를 알려 주었고 가을은 기억하기 위해 노트에 받아 적었다.

"이분은 좀 주의할 필요가 있어."

유정이 수수가 보내 준 호랑족 명단을 살펴보며 말했다. 호랑족 계파가 두 개인데 범녀 쪽 호랑들은 가을이 범녀의 손녀라는 이유로 긍정적으로 보지만 반대파는 그렇지 못할 거라고 했다.

"나도 본호랑이 아니라 세세히는 몰라. 삼촌은 잘 알 텐데. 삼촌한 테 물어보는 게 어때?"

"됐어. 너희들이 알려 주는 것만으로도 충분해."

가을은 딱 잘라 말했다. 집에 얹혀사는 것만으로도 충분하다. 더 이상은 신세지기 싫었다.

"떡볶이 다 됐어. 내려와!"

1층에서 할머니가 불렀다. 셋은 당장 1층으로 내려갔다.

냄비에 가득한 떡볶이를 먹는데 십 분도 채 걸리지 않았다. 할머니는 음식이 사라지는 마술이라도 본 것 마냥 놀라서 냄비를 쳐다보고 또 쳐다봤다.

"너희들 먹성 하나는 끝내준다."

유정은 이건 기본이라며 이따가 저녁을 또 먹겠다고 말했다.

가을은 떡볶이를 다 먹고 난 후 다시 2층으로 올라왔다. 입이 텁텁해 양치를 하러 화장실로 들어갔다가 세수까지 하고 나왔다.

유정이 보이지 않다. 현은 혼자 소파에 앉아 미술 잡지를 보고 있었다. 현이 학교에서도 자주 보는 잡지다.

"유정은?"

"사이다 사러."

아까 떡볶이를 먹으며 현이 지나가듯 사이다가 마시고 싶다는 말을 했다.

"먹고 싶은 사람이 사러 가야 하는 거 아니야?"

가을이 톡 쏘아붙였다.

"유정이 먹고 싶다고 간 거야."

가을은 유정의 마음을 모른 척할 뿐만 아니라 이용하기까지 하는 현이 얄미웠다.

"그거 흉터 생겼구나."

현이 가을 이마를 가리키며 말했다. 헤어밴드를 해서 가을의 이마가 훤히 드러났다. 평소에는 앞머리 때문에 이마 흉터가 보이지 않았다.

"네가 이걸 어떻게 알아?"

"왜 몰라. 너 다쳤을 때 내가 있었는걸."

가을은 옛날 기억을 되짚었다. 서당에 다녀오는 길에 비가 많이 왔다. 책보를 뒤집어 쓴 채 달리는데 빗길에 미끄러졌다. 이마가 아파서 만져 보니 나뭇가지가 박혀 있었다. 너무 아프고 놀라서 나뭇가지를 빼지도 못하고 울고 있는데 처음 보는 오라버니가 나타나 나뭇가지를 빼 준 후 이마에 천을 대 주었다. 그리고 가을을 집까지 데려다주었다.

"그때 그, 그?"

가을은 당황하여 말까지 더듬었다. 그때 그 오라버니가 현이었다니. 의원은 나뭇가지가 깊게 박혀서 흉터가 남겠지만 그래도 나뭇가지를 빼내고 처치를 잘해 다행이라고 했다. 현과 가을이 과거에 만났다는 유정의 말이 진짜였나 보다.

"형은 널 지키려고 최선을 다했어. 다른 사람은 몰라도 나는 알아."

가을은 현이 무슨 이야기를 하는 건가 싶었다. 가을의 표정을 읽었는지 현이 양 눈썹을 찡긋 올렸다. 계속 말을 이어 하겠다는 뜻으로 보였다.

"형은 너의 존재를 숨기려고 했어. 범녀가 알면 가만두지 않을 테니까. 하지만 범녀가 알게 된 거지. 그 후로 형과 나는 계속 네 주변을 맴돌았어. 범녀가 어떤 일을 벌일지 모른다고 생각했으니까. 너를 없애려 찾아온 호랑과 형은 싸움을 벌이기도 했지. 하지만 언제까지 몰래 너를 지킬 수는 없었어."

가을은 자신을 향한 위협이 그날 이전부터 있었다는 것을 전혀 모르고 있었다.

"형이 사정했어. 어차피 너는 인간의 몸에서 나왔으니 인간의 수명을 따를 거라고. 그냥 두면 될 거라고. 범녀는 알겠다며 형이 다시 너를 만나러 가지 않으면 자신도 너를 쫓지 않겠다고 약속했어. 하지만 범녀가 약속을 어긴 거야."

가을에게 벌어진 일을 뒤늦게 알게 된 선이 얼마나 자책했는지 모른다고 현이 말했다.

"내가 그렇게 믿지 말라고 경고했건만."

현의 눈빛과 목소리가 서늘했다.

"너 그분을 싫어하는구나?"

현은 범녀를 향한 적의가 가득했다. 가을도 범녀가 불편하고 싫었기에 왠지 현과 가을 사이에 거리가 한 발쯤 좁혀진 기분까지 들었다. 적의 적은 친구가 된다는 게 이럴 때 쓸 수 있는 말 같았다.

"손녀인 너한테만 그런 게 아니야. 자기 조카까지 죽게 만들었다고. 그렇게 해선 안 됐어."

지난번 유정은 현을 호랑으로 만든 이가 선의 사촌 누이라고 알려 줬다.

"그게 무슨 소리야? 조카를 죽게 만들었다니?"

현의 입술이 바들바들 떨렸다. 현은 후유하고 숨을 내뱉은 후 이야기를 시작했다.

"너 김현 감호 설화 이야기 알지?"

가을은 고개를 끄덕였다. 가을도 들어 본 적 있는 이야기다. 인간과 사랑에 빠져 목숨을 희생한 범 처녀가 있었다.

"그 이야기 속 주인공이 바로 인선 누이야."

가을은 현의 그림에서 인선을 봤다. 과거에 현이 그린 그림은 대부분 박물관에 가 있는데 선이 갖고 있는 게 몇 개 있었다. 그중 하나가 인선의 초상화다. 선의 방에 있는 걸 유정이 보여 줬다. 꽃이 사람으로 태어날 수 있다면 이런 모습이겠구나 할 정도로 기품 있고 아름다웠다.

"그분은 어떻게 알게 된 거야?"

"나는 호랑이 되기 전에 화랑이었어."

현은 문과 무를 두루 갖춘 뛰어난 화랑 중 하나였다. 군사 훈련을 나갈 때면 옆집에 살던 인선이 현을 걱정하며 안위를 챙겼다. 인선은 자신처럼 어머니를 일찍 여읜 현을 몹시 안쓰러워했다. 인선이 현을 동생처럼 챙겼지만 현은 인선을 사랑했다. 인선이 현보다 나이가 많았지만 현은 혼인할 나이가 되면 반드시 인선 집에 혼담을 넣어야겠다고 다짐했다. 신기하게도 인선을 알고 지낸 몇 년 동안 인선은 전혀 나이 들지 않는 것처럼 보였다. 현은 마치 인선이 자신을 기다려 주는 것 같았다.

"누이, 조금만 기다려 줘."

현이 그 말을 할 때면 인선은 소리 없이 웃었다. 현을 만난 이후 인선은 멍하니 산을 바라보던 시간이 줄고 미소 짓는 시간이 늘었다.

신라는 주변 나라와 전쟁이 잦았고 그때마다 화랑이 출격해야 하는 일도 생겼다. 현은 전쟁에 나가는 게 두려웠지만 화랑이기에 도망칠 수 없었다. 화랑이라면 나라에 충성하고 싸움에 물러서지 않아야 했으니까. 곧 신라가 삼국을 통일한다는 이야기가 돌았다. 이제 전쟁에 나갈 일이 얼마 남지 않았구나, 이번 전쟁이 끝나면 인선에게 청

혼을 해야겠다 매일같이 생각했다. 처참한 살육의 현장에서 현이 버틸 수 있었던 건 오직 인선 덕분이었다.

그날은 날이 더 없이 맑았다. 오랜만에 좋은 날이었다. 한겨울임에도 불구하고 밝은 태양 덕분인지 춥지 않았다. 이런 날에 싸움을 하는 게 어울리지 않다고 해야 하나 기이하다고 해야 하나. 현은 여기에서 일어나는 모든 일이 비현실 같다고 생각했다. 전쟁터에서 이런 생각을 했던 탓일까. 어디선가 화살이 날아와 현의 가슴에 꽂혔다. 죽어가는 현을 안고 동료들이 울었다. 하지만 현을 묻어 줄 여유 같은 건 없었다. 동료들은 시체 더미에 현을 두고 떠나 버렸다. 삶과 죽음의 경계를 오가고 있는데 인선이 나타났다. 얼마나 보고 싶었는지 모른다. 그 간절함에 이렇게 마지막으로 눈앞에 보이는구나 생각하는데 인선이 현을 안았다. 헛것이라고 여기기에는 인선 누이의 따스한 손길과 품이 생생하게 느껴졌다.

"나 이렇게 갈 순 없어."

그 말을 직접 했던가. 아니면 마음속으로 생각했던가. 현은 가만히 인선 품에 안겼다.

현이 다시 눈을 떴을 때 다친 곳이 거짓말처럼 깨끗이 나아 있었다. 현은 어떻게 된 일인지 알 수 없었다. 인선이 자신의 정체인 호랑에 대해 설명했지만 현은 믿지 못했다. 그러자 인선은 범으로 변신했다.

"너, 내가 괴물로 보이지?"

현은 전혀 그렇지 않다고 대답했다. 진심이었다.

인선은 현에게 새로운 삶을 살아야 한다며 함께 떠나자고 했다. 현은 인선과 함께 떠남에 있어 조금도 주저하지 않았다. 현은 이름을 버리고 가족을 버리고 화랑이라는 신분을 버렸다. 인선 누이가 옆에 있으니 다 괜찮았다.

"그럼 김현 감호 설화에서 인선 누이가 사랑한 인간이 너야?"

가을이 물었다.

"아니, 그 김현은 내가 아니야. 그때 내 이름은 김현이 아니었거든. 누이가 사랑한 인간 김현은 따로 있어."

인선은 자신의 호랑 가족에게 현을 데려갔다. 그때 현은 인선의 오빠 도호뿐만 아니라 선과 범녀도 만났다. 그때부터 현은 인선의 친동생이 되어 지냈다.

"누이와 영원히 살 수 있다고 생각하니 호랑이 된 게 축복처럼 느껴지더라. 인간 김현이 나타나기 전까지는 그랬어."

인선이 복을 비는 축제에 갔다가 인간 김현과 사랑에 빠졌다. 김현은 인선이 평범한 인간이 아님을 알고 난 후에도 계속 인선을 사랑했다. 그때 호랑족 일부가 범으로 둔갑해 인간들을 괴롭히는 일이 잦았다. 그들은 인간의 재물뿐 아니라 생명도 약탈했다. 나라에서는 서둘러 범을 없애려는 계획을 세웠다. 범을 직접 잡는 이에게 큰 벼슬을 내린다는 왕의 명이 내려졌고 범과 인간의 전쟁이 시작되었다. 여기저기 범을 잡으려는 덫이 생겼고 범 사냥대가 조직되었다.

"범이 인간으로 변신한다는 소문이 돌았는데, 하필 도호 님이 잡혀갔어."

도호는 야호의 구슬을 훔친 첫 호랑이다. 범녀는 조카가 인간이 된 걸 보고 도호에게 인간이 되는 방법을 알려 달라고 부탁했다. 도호가 알려 준 대로 범녀 일가는 야호의 구슬을 훔쳐 범에서 인간으로 변했고 범녀는 웅녀 이름을 흉내 내어 스스로 이름을 '범녀'라고 지었다.

"도호 님은 첫 호랑이기에 호랑족의 우두머리였어. 호랑족은 반드시 도호 님을 지켜야 했지. 나라에서는 흉흉한 민심을 가라앉힐 희생 제물이 필요했고 점점 도호 님의 처형 날짜가 가까워졌어. 범녀가 인선 누이를 설득했어. 오빠 대신 죽으라고 말이야. 누이가 죽지 않으면 김현을 죽일 거라고 한 거야."

가을이 인선의 초상화를 만졌을 때 봤던 장면이 있다. 인선이 눈물을 흘리며 현에게 제발 자기를 보내 달라고 애원했다.

범녀의 협박을 알게 된 현이 인선을 데리고 도망쳤다. 현은 인선이 희생하는 것을 두고 볼 수 없었다. 그리고 인선에게 고백했다. 오래 전부터 누이를 사랑했다고. 한낱 인간 따위 잊고 같이 떠나자고. 인선은 현의 고백을 거절했다. 김현은 자기 목숨보다 더 귀하고 소중한 사람이라고. 자기가 죽을지언정 그 사람을 죽게 내버려 둘 수 없다고.

"누이를 이해할 수 없었지만 붙잡을 수 없었어. 인선 누이는 김현에게 자신을 직접 죽여 달라고 부탁했어. 인선 누이는 범으로 변해 일부러 사람을 다치게 하는 소동을 벌였고 김현은 누이를 잡아 큰 벼슬에 올랐지. 죽어가는 누이를 보면서 나는 아무것도 할 수가 없었어. 아무것도."

현의 눈시울이 붉어졌다. 현은 몸을 숙여 두 손바닥으로 얼굴을 가렸다. 현이 너무 애달프게 보여 순간 가을은 등을 토닥여 줄 뻔했다.

대신 가을은 1층으로 내려가 물을 가져왔다. 현은 멍하니 창밖을 바라보고 있었다.

"자, 마셔."

현이 컵을 들어 물을 마셨다.

가을은 이제야 왜 유정이 현의 이름을 못마땅하게 여겼는지 이해할 수 있었다.

"왜 이번 이름을 김현으로 정했어?"

"아, 우연이었어. 새 이름 신청하라고 하기에 생각나서 적었을 뿐이야."

"참 도호 님도 이번 대면에 오셔?"

가을의 물음에 현은 고개를 저었다.

"안 올 거야. 아니 못 올 거야. 인선 누이가 그렇게 되고 얼마 지나지 않아 사라졌거든. 자기 때문에 인선 누이가 희생한 걸 알고 제정신이 아니었어. 그러다 갑자기 증발한 것처럼 사라졌어. 호랑족 누구도 도호 님의 행방을 찾을 수 없었어. 지금까지도 행방불명이야. 어쩌면 다들 찾고 싶지 않았는지도 모르지. 도호 님은 누이의 죽음으로 충격을 받은 탓인지 아무 때나 범으로 변해 소란을 피웠어."

도호가 사라진 후 그 자리를 범녀가 맡았다. 대부분 호랑들은 도호가 사라지기 전부터 내심 범녀가 우두머리를 맡길 바랐다. 범녀가 나서서 자기 조카를 희생시켜 해결한 덕분에 호랑족은 인간의 표적에서 벗어났으니까.

현은 2층에 아무도 없는데도 주변을 살피며 작은 목소리로 말했다.

"얼마 동안 도호 님을 범녀가 해치웠다는 소문이 돌았어. 그뿐 아니라 모든 게 처음부터 다 범녀의 계획이라고도 했어. 도호 님을 잡혀가도록 신고한 게 범녀라는 거지. 범녀가 한창 관아 사람들과 친하게 지낼 때였거든. 사실 도호 님이 관아에 잡혀가게 된 일 자체가 이상한 점이 많았어. 도호 님이 잡힌 장소는 인간들의 발길이 거의 닿지 않는 호랑들만 아는 곳이었으니까. 그 장소를 인간들이 어떻게 알았을까? 게다가 도호 님은 잡힐 때 범의 모습도 아니었어. 인선 누이가 범의 모습으로 희생하자마자 관청에서 범이 인간으로 변신하는 게 말이 되냐며 도호 님을 부랴부랴 풀어 주었지."

현은 이 이야기를 하는 호랑들은 모두 처벌을 받았다며 조심스러워했다. 가을 팔에 오소소 소름이 돋았다.

"하지만 소문일 수도 있잖아."

가을을 둘러싼 말도 안 되는 소문이 야호족에게도 있었다. 령이 가을을 싸고도니까 령이 가을을 낳았다거나 가을이 휴의 색시라는 얼토당토아니한 소문이 났다.

사이다를 사러 갔던 유정이 돌아왔다. 유정은 현과 가을에게 사이다를 하나씩 건넸다.

"네 건?"

"난 물 마시려고. 요즘 살이 너무 많이 쪘어. 음식은 못 줄이겠고 음료수라도 줄이려고."

가을은 현을 째려봤다. 유정이 먹고 싶어서 사러 갔다는 건 거짓말이었다. 현은 가을의 시선을 피했다. 현과 한 발 가까워졌다는 건 취소다. 다시 한 발, 아니 두 발 물러설 거다.

"근데 뭐야, 이 분위기는?"

유정이 가을과 현을 둘러보며 물었다.

"가을이가 나한테 고맙나 봐. 무지 많이."

현이 가을의 이마를 가리키며 말했다. 가을은 "뭐래?" 하고 대꾸하고 사이다 뚜껑을 열어 벌컥벌컥 마셨다. 아주 많이 늦었지만 고맙다는 말 같은 건 하지 않을 거다.

야호랑

이른 시각 가을은 잠에서 깼다. 오늘이 바로 야호와 호랑의 첫 대면 날이다. 어젯밤에 늦게 잠이 들었고 내내 잠을 설쳤다. 결국 새벽 다섯 시도 되지 않았는데 일어나고 말았다.

유정은 곤히 자고 있었다. 가을은 다시 자려고 했지만 잠이 오지 않았다. 정신이 멍할 뿐이다.

가을은 조용히 일어나 방문을 열었다. 시원한 공기를 마시면 좀 괜찮아질까 싶어 1층으로 내려와 마당으로 나왔다. 밤이 퇴장하고 아침이 오는 어스름한 지금 이 시간을 령은 좋아했다. 밤 열두 시가 지나면서 날짜가 바뀌지만 열한 시 오십구 분과 열두 시는 임의적 구분일 뿐이다. 령은 진짜 하루가 바뀌는 건 동이 틀 때라고 했다. 하루의 시작은 지금이다.

마당에 선 가을은 눈을 감은 채 크게 숨을 들이마셨다. 거리의 소음이 거의 없어 공기의 무게가 느껴지는 것만 같았다. 오늘 공기는 가볍고 맑다. 오늘은 날씨가 좋을 거다.

깨끗한 공기를 마셔서 그런지 정신이 또렷해졌다. 다시 들어가려는데 대문 쪽에서 소리가 났다.

가을이 방어 태세를 취하는데 대문이 열리며 선이 들어왔다.

"자전거를 여기 두고 가서."

"아, 네."

가을이 집 안으로 들어가려는데 선이 불렀다.

"잠깐 시간 되니?"

선이 마당에 놓인 테라스 의자를 가리키며 물었다. 잠시 고민하던 가을은 의자 쪽으로 걸어갔다.

둥그런 탁자를 두고 가을과 선이 마주 보고 앉았다.

"오늘 만남 너무 걱정하지 마. 그냥 인사하는 자리야."

선은 여우와 범이 야호와 호랑이 되기 전 친구였던 시절에 대해 이야기했다. 늘 사이가 좋았던 건 아니지만 서로를 해치는 일은 없었다. 구슬이 과욕을 불렀다. 구슬 전쟁 때마다 령이 느꼈던 좌절감을 선 또한 고스란히 느꼈다.

"동물을 위협하는 인간을 그대로 두는 야호를 우리는 무능하다고 여겼어. 변명일지 모르겠지만 처음엔 동물을 보호하려는 마음에서 구슬을 더 많이 차지하려고 한 거야. 호랑이 많아져야 적극적으로 인간으로부터 동물을 지킬 수 있을 테니까. 하지만 어느새 우리의 욕심만 채우고 있더라고. 우리는 동물을 지키는 데 실패했어."

선은 누구를 위해 구슬 전쟁을 했는지 모르겠다고 말했다. 전쟁의 횟수가 늘어갈수록 친구는 적이 되었고 희생만 늘어났다.

"한쪽이 모두 자멸해야 끝이 나는 줄 알았어. 그런데 네가 해낸 거야. 다들 널 보고 싶어해."

가을은 기분이 이상했다. 자부심뿐만 아니라 자신감도 샘솟았다. 가을은 이 마음을 누르고 싶지 않았다. 수수가 그랬다. 자리가 사람을 만든다고. 가을은 오늘 콘셉트를 정했다. 오늘만큼은 철저히 수수처럼 행동할 거다.

"오늘 저 도와주셔야 해요."

가을이 선을 바라보며 또박또박 이 말을 했다. 수수라면 분명히 이렇게 말하고도 남았을 거다. 태도가 변하면 행동도 달라진다. 눈도 잘 마주치지 않던 가을의 변화에 선은 조금 당황한 듯 보였다. 하지만 고개를 끄덕이며 말했다.

"물론이지."

해가 떠서 주위가 환했다. 이제 아침이다. 선은 그만 가 보겠다며 의자에서 일어났다.

"자전거 가지러 오신 거 아니에요?"

"아, 다음에 가져가도 될 것 같아. 그럼 이따 보자."

선이 빈손으로 대문을 열고 나갔다. 가을은 선이 온 진짜 이유를 깨달았다.

대면 장소는 야외 레스토랑이다. 루비가 운영하는 곳인데 오늘 여기 통째로 빌렸다. 루비는 수수의 절친으로 여러 레스토랑을 운영하고 있다.

가을은 심호흡을 한 후 천천히 루비의 차에서 내렸다. 루비가 집까지 데리러 와 주었다. 본 야호인 루비는 만사통 일을 비롯하여 야호족과 관련한 행정 업무를 담당하고 있다. 루비는 령이 떠난 후 령의 일을 대부분 맡아 했다. 수수는 다른 이는 다 못 믿어도 루비는 믿어도 된다고 했다.

"가을아, 너무 긴장하지 말고."

"네."

잔디밭 위에 긴 탁자가 놓여 있다. 그곳에 앉아 있는 이들을 보자 가을은 갑자기 다리가 후들거렸다. 간신히 다리에 힘을 주어 탁자까지 걸어갔다. 루비는 가을을 탁자 맨 앞 중앙으로 안내했다.

"제 자리가 여기예요?"

이 자리는 드라마 속 회장들이 주로 앉는다. 가을은 자리가 너무 부담스러웠다.

"오늘 모임을 주최한 건 너니까."

가을은 알겠다고 말한 후 의자에 앉았다. 여기 앉으니 양 옆자리가 한눈에 다 들어왔다. 탁자는 한쪽에 열다섯 명씩 앉을 수 있을 정도로 길다. 왼쪽은 야호가 오른쪽은 호랑이 앉기로 했다. 본야호와 본호랑만 모이기로 했는데 멀리 있는 이들은 오지 못하기에 30석이면 충분하다. 먼저 도착해 있던 이들이 가을에게 눈인사를 했고 가을도 화답했다. 먼저 도착한 선도 가을에게 미소를 지어 보였다.

가을은 천천히 고개를 돌려 모임에 온 야호와 호랑을 바라봤다. 구슬 전쟁을 할 때 만났던 이들을 이런 곳에서 만나니 느낌이 완전 달랐다.

"제가 먼저 가서 인사라도 할까요?"

가을은 루비에게 의견을 물었다.

"할 수 있겠어? 그러면 좋을 것 같긴 한데."

"해 볼게요."

가을은 자리에서 일어나 처음 만나는 호랑들에게 가서 먼저 인사했다. 수수가 준 자료와 유정, 현에게 들은 정보 덕분에 어색하지 않았다. 역시 준비하길 잘했다.

약속 시간은 한 시지만 열두 시 사십 분이 되자 거의 모든 야호와 호랑들이 나타났다. 빈자리는 딱 하나다.

한 시가 되었을 즈음 빈자리의 주인이 나타났다. 바로 범녀다.

범녀는 쇼트커트에 검은색 정장 슈트를 입었는데 허리를 꼿꼿이 펴고 보폭이 커서인지 꼭 모델 같았다. 범녀가 오자 호랑들이 모두 일어나 범녀에게 인사했다.

"다들 일찍 오셨네요. 저도 오늘 만남을 무척 고대했습니다. 이렇게 다들 건강한 얼굴로 만나 얼마나 기쁜지요."

모두의 시선이 중앙에 있는 가을이 아닌 오른편에 있는 범녀 쪽으로 향했다. 범녀는 호랑과 야호가 동맹을 맺은 오늘을 기념일로 제정해야 하지 않겠냐며 여유롭게 농담까지 했다.

"앞으로 구슬 전쟁을 하지 않아도 되어서 얼마나 다행인지 모릅니다. 원래 범과 여우는 친구지 않았습니까? 우리는 서로를 적으로 삼을 필요가 없었어요. 우리의 적은 인간이니까요. 이제 정말로 호랑과 야호는 한편이 되었습니다."

수수가 범녀에게 기를 뺏기면 안 된다고 했는데 다 틀렸다. 가을과 범녀의 자리를 바꿔야 하는 게 아닐까 싶을 정도다. 범녀는 실제로 부동산 회사 회장으로 오랜 시간 지냈기에 많은 이들 앞에서 말하는 게 아주 자연스러웠다. 범녀는 과거 호랑이 인간에게 정체를 들켜 마을에서 쫓겨난 이야기를 했다. 한때 호랑은 같은 일족끼리 모여 살았는데 나이 들지 않는 것을 인간들이 수상하게 여겼다. 인간은 호랑족을 괴물 취급하며 그들을 쫓아내기 위해 호랑의 마을을 모조리 불태웠다. 가을도 령에게 비슷한 이야기를 들은 적이 있다. 그래서 호랑뿐만 아니라 야호도 모여서 살지 않게 되었다고.

"우리를 하나로 만들어 준 이가 있죠. 바로 제 손녀이기도 한 가을 님을 여러분께 소개해 드리고 싶습니다."

범녀가 가을 쪽을 향해 손을 뻗었다. 가을은 자리에서 일어나 인사했다. 야호와 호랑이 가을을 향해 박수를 쳤다. 가을의 인사가 끝나자 범녀가 다시 말을 이었다.

"가을 님, 오늘 모임에서 이야기하고 싶은 게 있으시죠?"

범녀가 계속 주도하면 어쩌나 걱정했는데 다행히 범녀는 가을이 이야기할 수 있도록 분위기를 이끌었다. 게다가 범녀는 가을에게 꼬박꼬박 '님' 자를 붙여 추대했다.

가을은 목소리를 가다듬은 후 말을 시작했다.

"오늘 제가 제안하고 싶은 건 야호와 호랑의 정기적인 모임입니다. 자주는 아니더라도 일 년에 네 차례 정도 만나는 게 어떨까요?"

이건 야호와 호랑이 각각 하고 있는 일이기도 하다. 야호의 만사통 임원들은 분기에 한 번씩 회의를 하는데, 수수가 준 자료에 따르면 호랑도 마찬가지다.

"만사통과 만능통을 합치자는 것은 아닙니다. 지금처럼 각각 운영하되 만사통과 만능통이 모여 교류하는 거죠."

대부분의 야호와 호랑이 가을 의견에 찬성했다. 야호족의 만사통과 호랑족의 만능통을 아우르는 만만통을 새로 만들기로 했다. 수천 년간 따로 지냈기에 각자 종족끼리 해결할 일들은 알아서 해결하되 야호와 호랑이 공동으로 대응할 일이 있을 경우에는 함께 모여 의논하기로 했다. 분기마다 한 번씩 정기 모임을 하고, 특별한 일이 있으면 긴급회의를 여는 데도 모두가 찬성했다.

"우리 두 종족을 합치는 이름이 있으면 좋을 것 같은데요."

선이 말했다. 가을은 곧바로 떠오르는 이름이 있었다.

"야호랑이 어떨까요? 야호, 호랑을 합쳐서 말이에요."

가을이 신나서 말했지만 호랑족의 반응이 별로다. 야호의 이름이 먼저 들어갔기 때문인가 보다.

"전 그 명칭이 아주 좋은 것 같아요. 야호랑, 원래 우리의 이름인 것 같기도 하네요."

범녀가 흡족한 미소를 지으며 말했다. 그러자 갑자기 다른 호랑들이 태도를 바꾸어 가을의 의견에 찬성했다. 이야기가 거의 마무리되어 가는 분위기인데 범녀가 제안할 게 있다고 했다.

"야호랑의 리더가 필요합니다."

범녀의 말에 야호와 호랑 들이 웅성거렸다. 지금 호랑족의 리더는 범녀가 맡고 있고 야호족은 령을 이어 가을이 하고 있다. 가을은 역시 수수다 싶었다. 수수는 오늘 반드시 이 이야기가 나올 거라며 절대 범녀에게 그 자리를 뺏겨서는 안 된다고 했다. 가을은 리더가 뭐가 중요하느냐고 했지만 수수는 리더가 상징하는 게 크다고 했다. 위기나 변화의 순간에 최종 결정을 하는 건 리더이기 때문이다.

"저는 가을 님이 하는 게 맞다고 생각합니다."

범녀의 말에 가을은 당황했다. 당연히 범녀 자신이 할 거라고 나설 줄 알았는데 웬일이지? 아니나 다를까 호랑들이 반발했다.

"호랑과 야호의 체계가 각각 있는데 굳이 야호랑의 리더가 필요할까요?"

"맞습니다. 그리고 가을은……."

범녀가 호랑의 말을 막으며 "가을이 아니라 가을 님이죠." 하고 정정했다. 호랑이 머쓱한 표정을 지으며 다시 말을 이었다.

"가을 님은 본야호가 아닌 종야호 아닙니까. 이 자리에 본이 아닌 이는 가을, 아니 가을 님밖에 없습니다. 고작 오백 년밖에 살지 않은 애송이 종야호가 우리의 리더라니요!"

가을은 왜 이 이야기가 안 나오나 했다. 수천 년을 산 본야호, 본호랑과 비교하면 가을이 한참 어리긴 하다.

호랑의 의견을 들은 야호도 동요하기 시작했다. 야호 중에 리더가 되어야 한다면 차라리 루비가 낫지 않겠냐며 저들끼리 속삭였다. 야호와 호랑 들이 계속해서 웅성거렸다. 그때 범녀가 탁자를 한 번 탁 치며 주의를 환기시켰다.

"여러분, 제가 뭐 가을 님이 제 손녀라서 추천하겠습니까? 물론 팔이 안으로 굽긴 하죠."

범녀가 웃으며 말했고, 범녀의 농담에 야호와 호랑 들이 따라 웃었다. 범녀는 목소리를 가다듬은 후 천천히 말했다.

"가을 님은 호랑과 야호의 구슬을 모두 다스릴 수 있는 힘이 있는 분이지 않습니까?"

범녀의 목소리는 크지 않았음에도 불구하고 좌중을 모두 압도할 만큼 힘이 있었다. 범녀의 말에 더 이상 이견을 내놓는 이는 없었다. 이렇게 해서 야호랑의 리더인 '원호' 자리는 가을이 맡기로 했다. 원호는 으뜸 원(元)에 여우 호(狐) 혹은 범 호(虎)를 붙여 만든 말이다.

드디어 회의가 끝났다. 곧 루비가 준비한 음식들이 나오기 시작했다. 긴장이 풀린 가을은 음식이 하나도 눈에 들어오지 않았다. 가을은 음료수만 마셨다.

"이것 좀 먹어 보렴."

범녀가 음식이 담긴 접시를 내려놓으며 가을 옆자리에 앉았다.

"아까 감사했어요, 범녀 님. 제 편 들어 주셔서."

"범녀 님이라니. 할머니라고 부르렴. 내가 좀 젊은 할머니이긴 하다만 너니까 특별히 허락하마."

가을은 아직 할머니란 말이 입에 붙지 않았다.

"오늘 회의 준비하느라고 고생 많았지? 아주 잘하더구나."

범녀가 미소를 짓자 입꼬리가 위로 올라갔는데 그 모습이 선과 무척 닮았다. 구슬 전쟁에서 만났던 범녀는 한없이 잔인하고 차가웠는데 다시 만난 범녀는 그렇지 않았다.

범녀는 가을에게 할 말이 있는 것처럼 보였다. 망설이던 범녀가 입을 열었다.

"가을아, 예전 일은 정말 미안하다. 우리 종족을 지키기 위해서 어쩔 수 없었어. 사과가 너무 늦었지."

가을은 범녀의 눈을 바라봤다. 범녀 눈에는 정말로 미안함이 담겨 있었다.

"나도 염치가 있지 용서까지 바라지는 않아. 하지만 꼭 한 번 너를 만나 사과하고 싶었어. 앞으로는 너에게 잘해 주고 싶어. 진심이야."

범녀가 가을의 손을 살며시 잡았다. 범녀의 손은 따뜻했다. 가을은 천천히 고개를 끄덕였다.

집에 도착하니 엄마와 할머니뿐만 아니라 유정과 현도 가을을 기다리고 있었다. 가을은 오늘 있었던 일을 이야기했다.

"정말로 범녀가 그랬다고? 말도 안 돼."

현이 범녀가 그랬을 리 없다고 했다.

"너 거짓말하는 거 아냐?"

"아니거든. 내가 왜 거짓말을 하냐?"

가을은 현을 노려봤다. 아무튼 좋게 봐주려야 봐줄 수가 없다.

"피는 물보다 진하다고 하지 않았니. 너를 손녀로 받아들였으니 이제 네 편이 되어 줄 거다."

할머니는 다행이라며 그 말을 했다. 대면을 앞두고 걱정한 건 가을뿐만이 아니다. 엄마는 가을에게 오늘 고생이 많았다며 무얼 먹고 싶으냐고 물었다.

"음, 고기?"

옆에서 할머니가 엄마에게 직접 만들 거냐고 물었다.

"에이, 당연히 아니지. 우리 집 요리사는 사월 씨잖아."

엄마가 반달눈을 해 보이며 웃었고 할머니는 에구 소리를 내며 일어났다.

엄마와 할머니가 1층으로 내려갔고 2층에는 가을과 유정, 현만 남았다. 가을이 소파에 널브러져 있는데 신우에게 메시지가 왔다. 아까 모임이 끝난 후 신우에게 연락한다는 걸 깜박했다.

가을아, 오늘 잘했어? 우리 이따가 만날래?
내가 너희 집 쪽으로 갈게.

미안. 나 오늘 너무 피곤해서 ㅠㅠ

그럼 내일 볼래?

미안해, 신우야. 내가 내일 컨디션 봐서 연락할게 ㅠㅠ

대면 끝나고 가장 하고 싶은 일은 신우를 만나는 거였다. 신우와 영화도 보고 맛있는 것도 먹을 계획이었다. 하지만 가을은 기운이 하나도 없었다.

"이제 가을이 네가 우리 모두의 리더구나. 오오! 원호님."

유정이 가을 옆에 앉아 가을 어깨에 머리를 기대며 말했다. 가을은 아직 모든 게 다 얼떨떨했다.

"근데 범녀가 왜 너에게 원호 자리를 양보한 거지? 그럴 리가 없는데."

현은 범녀가 이해가지 않는다고 말했다. 그러자 유정이 그만 좀 하라고 했다.

"아까 할머니 말씀 못 들었어? 피는 물보다 진하다고. 가을이는 범녀 님 손녀야. 범녀 님 의심 그만 좀 해."

하지만 현은 계속 못마땅한 표정이다.

"아, 배고파. 우리 내려가서 뭐 좀 먹자."

유정이 계단을 내려가며 말했다.

"나 옷 좀 갈아입고."

가을이 방에서 나오는데 현이 2층 거실에 있었다. 1층에서 유정이 얼른 내려오라고 소리쳤다. 가을이 계단으로 내려가려는데 현이 물었다.

"저기 다른 이야기는 없었어?"

"무슨?"

가을은 퉁명스럽게 되물었다.

"그냥 뭐 호랑족이나 너희 야호들에게 새로운 사건 같은 건 없나 싶어서."

"새로운 사건?"

가을은 현을 비켜선 채 바라봤다. 현은 도대체 뭐가 궁금한 거지? 가을은 아까 말한 게 다라고 대답했다. 그때 유정이 2층 계단으로 올라왔다.

"안 내려오고 뭐 해?"

현이 유정을 따라 1층으로 내려갔다. 가을은 현을 내려다봤다. 현의 구슬이 불안하게 움직인 것을 느낄 수 있었다.

꿀 유자

　일요일 아침, 가을이 일어났을 때 유정의 침대는 비어 있었다. 유정이 아홉 시가 넘은 지금까지 자고 있을 리 없었다. 유정은 학교를 가지 않는 주말에도 아침 일곱 시 전에 일어난다.

　핸드폰 화면을 켰다. 신우에게 연락이 없었다.

　침대에 누워 핸드폰만 멍하니 바라보는데 문이 열리며 유정이 들어왔다.

　"이제 일어났네? 근데 너 오늘 신우랑 만난다고 하지 않았어?"

　"그냥 쉬려고. 피곤해서."

　"하긴. 너 대면 준비하느라 계속 바빴지."

　유정이 창문을 열어 환기를 시켰고 가을은 천천히 침대에서 몸을 일으켰다.

　어젯밤에 가을은 신우에게 다시 연락했다. 오늘 만나자고 문자를 보냈다. 저녁에 조금 쉬었더니 피로가 풀렸고 무엇보다 신우가 너무 보고 싶었다. 하지만 신우는 갑자기 일이 생겼다며 월요일에 학교에서 보자고 했다. 계속 신우를 조르기도 뭐해 가을은 알았다고 답을 보냈다. 그 이후로 신우에게 더는 연락이 없었다.

신우는 내가 보고 싶지도 않은 걸까?

가을이 애먼 핸드폰만 노려보고 있는데 유정이 웬일로 책상 앞으로 가서 앉았다.

"뭐 해?"

"곧 기말고사잖아. 아무래도 공부 좀 해야 할 거 같아."

가을은 왜 그러냐고 묻지 않았다. 아무래도 현과 같은 반이 되어서 신경 쓰이나 보다. 유정은 문제집을 꺼내 풀기 시작했다.

십 분이나 지났을까.

"아, 어려워. 왜 문제가 안 풀리냐?"

유정이 수학 문제를 두고 끙끙거리기에 가을이 가서 푸는 법을 알려 줬다. 유정은 그래도 이해가 안 간다며 수학이 꼭 외계어 같다고 푸념했다.

"가을아, 네 성적을 나한테 나눠 주는 건 어떨까?"

"뭐래?"

가을이 말도 안 되는 소리 하지 말라고 했지만 유정은 아주 진지했다.

"최초 구슬을 이용해서 네 성적을 나한테 옮기는 거야. 어때? 너라면 할 수 있을 거야."

가을은 대꾸할 가치도 못 느껴 슬그머니 제자리로 돌아왔다.

유정은 입맛이 없다며 할머니가 만들어 준 막국수를 한 그릇만 먹었다. 원래 유정은 두 그릇이 기본이다. 유정이 하도 잘 먹으니 할머니는 먹방 유튜버를 해도 될 거라고 칭찬했다. 그 말을 하는 할머니의 눈빛이 또 반짝거렸다. 가을은 이미 먹방 유튜버는 포화 상태라며 할머니 꿈의 싹을 도려냈다.

"너 진짜 어디 아파?"

가을은 소파에 비스듬히 앉아 있는 유정 옆으로 갔다.

"아무래도 아까 공부를 너무 열심히 한 것 같아. 머리가 어지러워 죽겠어."

"너 졸린다고 내내 책상에 엎드려 잤잖아!"

"공부는 내 취향이 아니야."

그럼 도대체 네 취향이 뭐냐고 물으려다가 가을은 그만두었다. 보나마나 "현이!" 하고 대답할 테니까.

"참, 나 아까 낮잠 잤을 때 꿈꿨다."

유정의 눈빛이 초롱초롱했다.

"무슨 꿈인데?"

"나랑 현이가 어른이 되어 같은 집에 살고 있었어. 꿈속에서는 현이랑 내가 결혼을 했던 것 같아."

유정의 얼굴이 빨개졌다.

"불가능한 꿈이네."

"맞아. 꿈에서나 가능한 일이지. 우린 자라지 못하니까."

유정이 한숨을 푹 내쉬었다. 그런데 가을이 불가능하다고 말한 건 그 이유가 아니다. 현은 유정과 결혼하지 않을 거다. 이제까지 현을 지켜본 결과 현은 유정을 친구 이상으로 생각하지 않는다. 오백 년 동안 그랬으면 가망이 없는 거다. 가끔 친구에서 연인이 된 경우가 있지만 그건 어정쩡한 친구 사이였을 때 가능하다. 남녀 간의 관계를 애정의 정도에 따라 '1'부터 '5'를 친구 관계로 '6'부터 '10'을 연인 관계로 본다면, 친구 '4, 5'는 연인 '6, 7' 쪽으로 이동이 가능하다. 하지만 친구 '1'에서는 연인 '6'까지 갈 수 없다. 유정과 현은 친구 '1' 쪽에 서 있다. 가끔 유정이 친구 '4, 5' 쪽으로 움직이려 하면 현이 철저히 방어했다. 그런 걸 보면 현도 참 대단하다. 현은 골키퍼를 했으면 크게 성공했을 거다.

텔레비전을 보고 있는데 현에게 전화가 왔다. 가을은 "왜?" 하고 받았다. 가을은 현과 전화를 하는 사이는 아니다.

"너 집이지?"

"응. 왜?"

"혹시 형 너희 집 갔어? 연락이 안 돼서."

"아니. 안 오셨어."

"너희 엄마 만났나?"

"아냐. 엄마 집에 있어. 오늘 마감이라서 바빠."

새 집 보증금을 마련하기 위해 엄마는 웹소설 연재를 하나 더 시작했다. 가을은 '엄마한테 물어봐 줘?' 하고 현에게 물으려다가 그만뒀다. 다 큰 어른이 어련히 알아서 잘 있으려고.

"근데 유정인 뭐 해? 전화 안 받던데."

"아, 유정이."

어쩐지. 현이 가을에게 전화한 이유를 알았다. 유정이 전화를 받지 않으니 가을에게 연락했나 보다. 핸드폰이 2층 방에 있어서 유정은 벨 소리를 못 들었다. 유정은 제 이름이 나오자 누구냐고 물었다. 가을은 입 모양으로 "현이."라고 말했다.

"유정이 아파."

가을은 저도 모르게 이 말을 툭 내뱉었다.

"어디 아픈데?"

"어디긴."

상사병, 이라고 말하려다가 유정이 보고 있어서 그 말은 삼켰다.

"그냥 좀 아파. 점심을 거의 안 먹더라고."

한 그릇 가까이 먹긴 했지만 평소에 비하면 거의 안 먹은 거나 마찬가지다. 현은 기다려 보라는 말을 하며 끊었다. 기다리라니 뭘 기다리라는 거야?

"현이가 뭐래?"

유정이 가을 옆에 바짝 붙어 앉으며 물었다. 가을은 통화 내용을 그대로 이야기했다. 갑자기 유정이 벌떡 일어나 2층으로 올라갔다.

"야, 너 어디 가? 텔레비전 안 봐?"

"현이 오면 나 진짜로 아프다고 해."

"걔가 왜 와? 온다는 말은 안 했어."

"올 거야. 꼭 와."

가을이 유정을 따라 방으로 갔다. 유정은 침대에 누워 있다. 유정이 왜 이러는지 모르겠다. 가을은 다시 1층으로 내려왔다.

이십 분쯤 지났을까? 초인종 소리가 들렸다. 인터폰으로 누군가 보니 현이다. 정말로 현이 왔다.

종이봉투를 든 현이 현관문을 열고 들어왔다.

"그건 뭐야?"

현은 대답하지 않고 주방으로 들어가 봉투 안에 있는 것을 하나씩 꺼냈다. 노란 유자와 꿀이다.

"유정이 아플 때 먹는 거야."

현은 유자를 씻어 껍질을 벗긴 후 얇게 썰었다. 보는 것만으로도 눈이 찌푸려질 정도로 시었다.

"아프면 약을 먹어야지 무슨. 누가 옛날 사람 아니랄까 봐."

가을이 뭐라 하건 말건 현은 신경 쓰지 않고 얇게 썬 유자에 꿀을 듬뿍 뿌렸다. 가을은 현이 마음에 들지 않았다. 유정의 마음을 모른 척하면서 챙기기는 왜 챙기는 건지 모르겠다. 가을은 괜히 심통이 나서 빈정거렸다.

"너희 아프면 약 안 바르고 아직도 된장 바르고 그러냐?"

현은 대답 대신 가을을 삼 초 정도 지그시 노려봤다.

현이 꿀 유자를 들고 2층으로 올라갔다. 가을도 졸래졸래 따라갔다. 현이 쟁반을 들고 있어 가을이 대신 문을 열어 주었고 현이 그 안으로 쏙 들어갔다.

이게 뭐지? 어느새 유정은 진짜로 아픈 사람이 되어 있었다. 유정은 침대에 누워 눈을 반쯤 뜬 상태로 "현아."라고만 말했다. 가을은 잠시 고민했다. 유정의 장단에 맞춰 줘야 하는 건가? 에라 모르겠다.

"아파서 어떡해."

가을은 유정 쪽으로 가서 유정이 몸을 일으킬 수 있도록 도왔다.

"많이 아파?"

현의 물음에 유정은 고개를 끄덕였다.

"이거 좀 먹어 봐. 너 아플 때 이거 먹으면 좀 괜찮아지잖아."

유정은 팔에 힘이 없는 척했다. 유정의 어깨가 5센티미터쯤 축 처졌다. 현이 숟가락으로 꿀 유자를 떠서 유정에게 먹여 주었다. 유정은 꿀떡꿀떡 잘 받아먹었다. 아무리 꿀이 들어갔어도 유자가 얼마나 신데 저걸 그냥 받아먹는다고?

"어때? 먹을 만해?"

유정은 기운이 좀 나는 것 같다고 대답했다.

"옛날부터 네가 이거 만들어 줬잖아. 그땐 꿀이 엄청 귀할 때였는데."

"그랬지."

가을은 조용히 문을 열고 밖으로 나왔다. 유정은 현과 둘이 있고 싶을 거다.

가을은 핸드폰을 봤다. 아직까지 신우에게 연락이 없었다.

주방으로 가 보니 남은 꿀 유자가 있다. 이게 정말로 달까? 가을은 꿀 유자를 그릇에 조금 떠서 먹었다. 아, 시다. 도저히 못 먹겠다. 가을은 꿀 유자를 바로 뱉었다.

현은 저녁때가 되어서야 돌아갔다. 할머니가 온 김에 저녁을 먹고 가라고 했지만 선과 함께 먹겠다며 갔다. 현이 간 후 유정은 저녁밥을 두 그릇이나 먹었다.

"너 진짜 아픈 거 아니지?"

"내가 아플 리가 있겠어?"

"근데 안 아픈데 왜 아픈 척해?"

"아까 현이 봤지? 내가 아프면 현은 나만의 현이 돼."

유정이 활짝 웃으며 말했다.

"아, 그냥 영원히 아파 버릴까?"

유정이 히죽거리며 혼잣말을 했다.

"야. 아픈 것도 어쩌다 한 번 그래야 효과 있지. 매일 아프면 현이가 그렇게 잘해 주지 않을걸? 긴 병에 효자 없다는 말 몰라?"

"알아."

그래서 유정도 아주 가끔만 꾀병을 부린다.

"근데 너 신맛 못 느껴? 아까 그 꿀 유자 엄청 시던데."

"나한테는 너무 달아. 나는 현이가 꿀 없이 유자만 줘도 달 거 같아."

유정이 꿈꾸는 듯한 표정으로 고개를 45도쯤 들어 앞을 바라봤다. 가을은 고개를 절레절레 저었다.

"낙수 물이 바위를 뚫는다잖아. 언젠가 현이가 나를 좋아하게 될지도 몰라. 난 오백 년, 아니 천 년도 더 기다릴 수 있어."

가을은 유정과 다르게 바위와 관련한 다른 속담이 떠올랐다. 계란으로 바위치기. 아까 현이 돌아가기 전에 현에게 물었다. 왜 유정한테 그렇게 잘해 주느냐고.

"유정이랑 형은 나한테 가족이야. 우리에겐 셋밖에 없어. 너네 세 모녀랑 같아."

가을은 가만히 유정을 바라봤다. 유정은 아직 꿈속에 있다. 현이 한 말을 유정에게 절대로 전하지 말아야겠다.

가을이 물을 마시러 1층으로 내려왔는데 엄마가 혼자 저녁을 먹고 있었다. 이제 마감이 끝났나 보다. 엄마는 잠을 잘 못 잤는지 눈이 퀭하다. 가을은 컵을 들고 엄마 맞은편에 앉았다.

"엄마, 오늘 첫 끼 아니야?"

엄마가 그렇다고 고개를 끄덕였다.

"어제 한숨도 못 잤거든. 밥 다 먹고 바로 잘 거야. 졸려 죽겠어."

엄마가 반쯤 졸면서 밥을 먹고 있는데 벨이 울렸다. 신우에게 온 건가 싶어 얼른 핸드폰 액정을 봤는데 가을 핸드폰이 아니다. 엄마 거다. 엄마는 가을의 눈치를 봤다. 선인가 보다. 가을은 그냥 받으라고 말했다.

"여기로 온다고? 그걸 샀어? 나 괜찮은데. 응. 알았어."

엄마의 통화 목소리가 평소와 다르다. 혀가 1센티미터쯤 잘린 사람 같다.

"아니. 나 준다고 키리쉬 케이크를 샀대. 잠깐 전해 주고 간대."

통화를 끝낸 엄마는 가을이 묻지도 않았는데 말했다. 그 케이크는 엄마가 가장 좋아하는 거다.

엄마는 밥을 먹다 말고 그릇을 정리했다. 엄마는 에너지 음료라도 먹은 것처럼 눈을 번쩍 떴다. 가을은 설거지를 하는 엄마 등에 대고 물었다.

"다시 만나서 좋아?"

가을이 목적어를 빼고 물었지만 엄마는 바로 알아들었다.

"응. 좋아."

엄마는 일 초도 망설이지 않고 대답했다.

"그래서 결혼이라도 할 거야?"

"뭐?"

가을의 질문에 엄마가 품 하고 웃음을 터트렸다.

"아직은 모르겠어."

엄마가 솔직하게 말했다. 가을도 알고 있다. 모든 연애의 끝이 결혼은 아니라는 것을. 게다가 야호는 결혼 같은 거 웬만하면 하지 않는다. 인간이 결혼하는 건 삶이 유한하기 때문인지도 모른다. 부부 야호 중에 지겹다며 헤어진 이들도 있다.

"오백 년 만에 만났는데 다시 좋아질 수 있는 건가? 오백 년이면 있던 사랑도 사라질 판 아니야?"

가을은 엄마와 선의 만남이 이해 가지 않았다.

"음, 나도 그렇고 선도 그렇고 우리는 많은 일을 겪었어. 나도 그때의 내가 아니고 선도 그럴 거야. 그러니까 우리가 지금까지 이어졌다고 할 수는 없어. 새로 시작하는 거지."

둘은 너무 오랜 시간 떨어져 있었고 '다시'라기보다 '새로'가 맞긴 할 거다.

"언젠가 선이나 내 마음이 달라질 수 있을 거야. 밉거나 싫어질 수도 있겠지. 나중에 어떻게 될지는 몰라. 그건 인간뿐만 아니라 야호나 호랑도 마찬가지야. 그래도 우선은 지금만 생각하고 싶어."

엄마는 그 말을 남기고 방으로 들어갔다. 홀로 남은 가을은 엄마의 말을 해석했다. 그러니까 지금 단단히 사랑에 빠졌다는 뜻이다.

방에서 나온 엄마는 딴 사람이다. 엄마는 옷을 갈아입고 화장도 했다.

"나 잠깐 나갔다 올게."

엄마가 싱글벙글 웃으며 밖으로 나갔다.

2층으로 올라가니 유정은 현과 통화 중이다.

"응. 네가 만든 꿀 유자 먹었더니 괜찮아졌어."

가을은 다시 1층으로 내려왔다.

"할머니, 뭐 해? 나 심심해."

할머니 방문을 여니 할머니는 최빈우가 나오는 드라마를 보고 있었다. 아, 다들 사랑으로 바쁘구나. 가을은 에효, 하고 한숨을 내쉬었다.

가을은 신우가 몹시 보고 싶었다. 내일까지 못 기다릴 것 같았다.

신우에게 간다고 메시지로 알리려다가 그만두었다. 집 앞에 가서 깜짝 놀라게 해야지.

신우의 집 앞에 도착한 가을은 신우에게 전화를 걸었다. 통화 음이 몇 번 흐른 후 신우가 전화를 받았다.

"신우야, 지금 어디야?"

"아, 나 지금 집에 가고 있어."

"그렇구나. 실은 말이야……."

가을이 집 앞에서 기다리고 있다는 말을 하려는데 저 멀리 신우가 보였다. 그런데 신우 옆에는 같은 반 윤지가 있었다. 윤지는 서글서글한 성격 때문에 여자아이들뿐만 아니라 남자아이들과도 두루두루 친했다.

"신우야, 내가 이따가 다시 전화할게."

신우와 윤지가 함께 있는 걸 본 가을은 곧바로 전화를 끊었다. 신

우가 왜 윤지와 함께 있는지 궁금했다. 3단계 둔갑을 한 후 신우와
윤지가 있는 쪽으로 갔다.

"고마워. 네 덕분에 포트폴리오 잘 만들 수 있을 것 같아."

포트폴리오? 도대체 무슨 소리지? 혹시 진로 수업 과제인가? 가을
은 귀를 쫑긋 세웠다.

"마침 오늘 아빠 비행 취소되셔서 다행이야."

"너희 아버지 직접 인터뷰한 게 도움이 많이 될 것 같아. 숙제를
떠나서 정말 궁금했어. 난 주변에 비행기 조종사인 분이 없거든."

신우는 관심 직업으로 비행기 조종사를 조사했나 보다. 요즘 가을
은 너무 바빠서 신우에게 무슨 직업으로 정했느냐고 물어보지도 못
했다.

"근데 왜 비행기 조종사가 되고 싶어?"

"아, 사실 아직은 모르겠어. 얼마 전에 영화를 봤는데 그 이야기
속에 잠깐 등장한 조종사가 꽤 멋있어 보였어. 세계 이곳저곳을 다닐
수 있는 것도 매력적이고. 난 공군사관학교를 나와야만 되는 줄 알았
는데 비행 학교가 따로 있다는 것도 이번에 처음 알았어."

"응. 아빠랑 같이 일하시는 분들 중에 비행 학교 출신들도 많아. 그
래도 난 공군사관학교에 가고 싶어."

"어? 너도 비행기 조종사가 되는 게 꿈이야?"

윤지가 고개를 끄덕였다.

"아빠의 영향 때문인가. 어렸을 때부터 비행기 조종사가 되는 게

꿈이었어. 아직은 여자 기장이 많지 않지만 앞으로는 더 많아질 거야."

윤지의 목소리에 자신감이 배어나왔다.

"근데 공군사관학교 가려면 공부 잘해야 해. 아, 성적이 내 발목을 잡는구나. 유신우, 우리 기말고사 같이 준비할래?"

"응?"

신우가 머뭇거렸고 윤지가 "아, 맞다." 하고 말했다.

"넌 이가을이랑 같이 할 거지?"

"응. 미안. 오늘 정말 고마워."

"그렇게 고마우면 다음에 맛있는 거 사 줘."

"그래."

"유신우, 그럼 너 약속한 거다."

윤지와 헤어진 신우는 집 쪽으로 걸어갔다.

가을은 가만히 서서 신우가 집으로 들어가는 걸 지켜봤다. 신우는 점점 더 멀어졌다. 손을 뻗어 붙잡고 싶었다. '신우야' 하고 이름을 부르고 싶었다. 하지만 그럴 수 없었다.

신우는 언제까지 가을처럼 십 대에 머무르지 않을 거다. 올해 들어 신우는 키도 크고 얼굴도 변하고 목소리도 달라졌다. 앞으로는 더 그렇겠지. 단순히 외모만 변하는 게 아니라 많은 게 달라질 거다. 어른이 된 신우는 비행기 조종사가 될까? 어쩌면 갑자기 배우가 되어 영화에 나올지도 모른다. 프로그래머가 될 수도 있고, 선생님이 될 수도 있고, 바리스타가 될 수도 있다. 신우는 무엇이든 될 수 있다.

스르르 둔갑이 풀리며 가을은 원래의 모습으로 돌아왔다. 가을은 고개를 숙여 제 모습을 들여다봤다. 십 년이 지나도 백 년이 지나도 이 모습 그대로겠지. 차라리 영원히 3단계 둔갑을 한 채 지내면 어떨까. 가을은 자신의 모습을 지우고 싶었다.

신우에게 가을은 어떻게 기억될까.
한때 좋아했던 여자아이?
결국 신우는 어른이 될 테고 가을은 잊힐 것이다.

3부 인간을 사랑한 야호랑

의심

"아, 시험 끝나서 너무 좋다."

길을 걷던 유정이 양팔을 하늘 위로 쭉 뻗으며 말했다. 가을은 유정을 보며 피식 웃었다.

"누가 보면 너 시험공부 엄청 열심히 한 줄 알 거야."

유정은 공부해야 하는데 해야 하는데 말만 했지 정작 공부는 거의 하지 않았다.

"가을아, 우리 여름 방학 때 뭐 할까? 어디 놀러 갈래? 너랑 신우 간다고 하면 현이도 갈 거야."

유정이 가을 왼팔에 팔짱을 끼며 말했다. 가을은 아직 방학 계획을 세우지 않았다. 수수가 모리셔스에 놀러 오라고 했는데 거기나 갔다 올까? 휴도 못 본 지 오래되었고 아주 조금 수수도 보고 싶었다.

"아, 금강산 가고 싶다. 도대체 언제쯤 갈 수 있을지 모르겠네."

유정은 가끔 금강산 중턱에 살았을 때 이야기를 한다. 야호가 지리산을 좋아한다면 호랑은 금강산을 아꼈다. 금강산 호랑이 이야기가 괜히 나온 게 아니다. 휴전선이 설치된 이후로 유정은 금강산에 가 보지 못했다며 아쉬워했다.

"근데 너 오늘 왜 신우랑 놀러 안 간 거야? 너희가 데이트를 해야 나랑 현이도 낄 수 있단 말이야."

유정이 아쉽다며 말했다. 가을도 당연히 신우와 시험 끝나는 날 만날 거라 생각했다. 하지만 신우가 아무 말 하지 않아 가을도 가만히 있었다. 그러다 보니 이렇게 유정과 둘이 집으로 오게 되었다. 사실 그날 이후로 가을은 신우와 웬지 서먹했다. 신우와 윤지는 꽤 잘 어울려 보였다. 무엇보다 가을은 신우가 윤지와 나누는 대화를 자신은 신우와 할 수 없다는 사실이 너무 속상했다.

"너 신우랑 무슨 일 있어?"

"없어. 신우도 시험 공부하느라 피곤하니까 그렇지."

가을은 둘러댔다.

"너희 혹시 권태기야? 뭐 인간 기준에서 5개월이면 오래 사귀긴 했지."

"그런 거 아니거든!"

가을은 팔짱을 끼고 있는 유정을 뿌리친 후 빠르게 걸었다. 안 그래도 신우와 요즘 계속 어긋나는 것 같아 기분이 별론데 유정이 저리 말하니 더 화가 났다.

"미안해. 농담이야, 농담"

유정이 다가와 가을 팔에 다시 팔짱을 꼈다.

"유정아, 넌 어른 되고 싶을 때 없어?"

"있지, 그런데 그럴 수 없잖아."

유정은 별로 심각하지 않게 대답했다. 맛있는 음식을 다 먹었을 때, 놀이기구 줄이 길어 결국 못 타고 나올 때 아쉬워하는 정도다.

"이룰 수 없는 걸 계속 바라면 힘들기만 하지 뭐. 어른이 될 수 없는 게 속상할 때도 있지만 난 지금이 좋아. 백 년 뒤 세상이 궁금하기도 하고."

가을은 유정을 물끄러미 바라봤다. 유정은 참 해맑다. 가을도 유정처럼 단순하고 긍정적으로 생각하면 좋을 텐데 그게 잘 안 된다.

집 앞에 다다랐을 때 가을은 멈춰 섰다. 집 앞에 처음 보는 검은색 차가 있었다.

차 문이 열리며 누군가 나왔고 유정이 꾸벅 숙여 인사했다. 자인이다. 지난 대면 때 만난 본호랑이다. 만사통에 루비가 있다면 만능통에는 자인이 있다. 자인은 본호랑인데 범보다는 너구리와 더 많이 닮았다. 너구리처럼 눈이 큰데 처졌고 몸집도 컸고 무엇보다 말투가 아주 느리다. 자인이 가을과 할 말이 있다고 해 유정이 먼저 집으로 들어갔다.

가을은 자인이 타고 온 차에 함께 탔다.

"아무래도 원호님이 나서 주셔야겠어요."

가을은 흠칫했다. 웬일로 원호라고 부르는 거지? 가을은 아무렇지 않은 척 물었다.

"무슨 일이 생겼나요?"

"호랑족 하나가 문제를 일으키고 다녀서요."

그 호랑족을 가을이 통제해 달라는 게 만능통을 통해 만만통에 들어온 요청이다. 다단계로 사기를 벌이고 있는데 그 액수가 너무 커서 가을은 '0'이 몇 개인지 한참 세야 했다.

"이건 경찰이 나서야 하는 거 아니에요?"

"경찰들도 물론 조사를 시작했어요."

가을은 고개를 갸우뚱했다. 호랑족에게 의로운 면이 있었던가? 왜 경제 사범을 잡으려는 거지? 혹시 자인이 당했나? 가을은 솔직하게 물었다.

"그 호랑족에게 피해 입은 호랑족이 있나요?

"그럴 리가요."

"그럼 왜요? 설마 호랑족이 인간도 걱정해요?"

"인간 걱정은 무슨."

자인은 손을 내저으며 대답했다.

"우린 인간들의 법을 어기든 해를 끼치든 관여하지 않아요."

"그런데 왜 잡으려는 거죠?"

"꼬리가 길면 밟히니까요. 이 호랑이 똑같은 모습으로 몇 십 년째 같은 수법으로 사기를 치며 돌아다니고 있어요. 여기 호랑족이 있다광고하고 다니는 셈이죠."

만능통이 찾아가 위협과 경고를 했지만 멈추는 건 그때뿐이었다.

"그 녀석을 아예 없애 버릴까 하는 의견이 없는 것도 아니에요. 난 그것도 좋은 방법이라고 생각하는데."

자인이 느릿느릿 미소 지으며 그 말을 했는데, 느긋한 표정과 살벌한 말의 내용이 어울리지 않는 것 같으면서도 어쩌면 자인이라 더 잘 어울리는 것 같기도 했다.

"그런데 이번에는 야호족처럼 해 보려고요. 인도적인 차원에서 해결을 할까 해요."

"어떻게요?"

"다시는 이런 일을 못 벌이게 그 자의 구슬에 명령을 내려 줘요. 원호님에게 종호랑 구슬 하나는 쉽게 처리할 수 있는 일이겠죠?"

자인은 그 호랑이 있는 곳이 어딘지 알려 주겠다며 되도록 이번 주까지 일을 처리해 달라고 했다. 듣다 보니 가을은 기분이 묘하게 상했다. 자인은 가을을 하대하지 않았지만 말투 때문인지 특유의 미소 때문인지 자인이 상사이고 가을이 부하가 된 것 같았다. 가을은 자신의 위치를 확실히 따지고 싶었다.

"그런데 이건 부탁인가요? 명령인가요?"

"둘 다 아니죠. 그럼 뭘까요?"

자인이 되물어 가을이 "네?" 하고 다시 물었다. 이번에는 자인이 선생처럼 굴었다. 가을은 자인이 빙빙 돌려 말하는 게 마음에 들지 않았다. 학교 다니면서 만났던 두 유형의 선생님들이 있다. 해야 할 일을 직접적으로 말해 주는 선생님과 돌려 말하는 선생님. 당연히 가을이 좋아하는 선생님은 전자다.

"당신이 마땅히 해야 할 역할이겠죠."

가을은 속으로 쳇, 명령이 맞군, 생각했다. 차라리 부탁이라면 할 텐데 시키는 거니 하기 싫었다.

"만약 제가 안 하겠다고 하면요?"

자인은 대답 대신 어이없다는 듯 "허허." 하며 큰 소리로 웃었다.

"원호님이 지금 뭔가 착각하고 있는 것 같네요."

자인의 말투가 빨라졌다고 느끼는 건 가을의 기분 탓일까? 그뿐 아니라 자인 얼굴에 미소마저 사라졌다.

"지금 우리는 당신에게 기회를 주고 있는 거예요. 범녀 님이 아니면 우리는 당신이 원호가 되는 걸 찬성하지 않았을 겁니다. 호랑들이 모두 범녀 님과 뜻을 같이하는 건 아니랍니다."

가을은 이게 요청이 아닌 시험이라는 것을 깨달았다.

"원호라면 능력을 보여 줘요."

자인은 통보하듯 말했다. 자존심이 상한 가을은 얼굴이 일그러지는 걸 참으며 어디로 가야 하는지 물었다.

가을은 자인이 알려 준 주소로 찾아갔다. 문제를 일으킨 호랑족 사준은 당분간 집에만 숨어 있는 중이라 만나려면 집으로 직접 찾아

가는 수밖에 없었다. 사준의 집은 보안이 철저한 아파트 꼭대기 층인데 입구에 경비만 세 명이고 신원 확인을 해야만 입장이 가능하다. 3단계 둔갑을 통해 몰래 들어가려고 하는데 엘리베이터 버튼을 누르려고 보니 주민용 카드 키가 필요했다. 이건 3단계 둔갑으로도 불가능하다. 가을은 엘리베이터에서 내리는 주민을 기다렸다.

잠시 후 한 여자가 엘리베이터에서 내렸다. 가을은 그 여자 뒤를 따라가 살핀 후 똑같은 모습으로 둔갑했다. 다시 아파트로 들어와 경비원에게 말했다.

"제가 카드 키를 집에 두고 와서요."

경비원이 엘리베이터 버튼을 대신 눌러 줬다. 엘리베이터에서 내리니 바로 사준의 집이다. 현관문 앞에도 시시 티브이가 여러 대고 사설 경비 업체 마크까지 붙어 있다. 현관문도 일반 가정집에서는 잘 볼 수 없는 홍채 인식 시스템으로 문이 열리게 되어 있다. 예전에도 재산이 많은 대감 집 벽은 높았고 대문은 항상 닫혀 있었다. 문 통과는 3단계 둔갑으로 가능했다.

집 안으로 들어온 가을은 그제야 제 모습으로 돌아왔다.

현관에 들어서는데 집 안이 어두웠다. 현관 센서 등이 꺼지는 순간 가을이 대처하기 어려울 만큼 순식간에 무언가가 가을의 뒤통수를 세게 내리쳤다.

잠시 정신을 잃었던 가을이 눈을 떴다. 가을 몸에 밧줄이 묶여 있고 사준과 현이 싸우고 있었다.

뭐야? 현이 왜 여기에 있는 거지? 가을은 제 몸을 감싸고 있는 밧줄을 손가락 끝으로 만져 무슨 일이 있었는지 들여다봤다.

사준은 집 안에 있는 시시 티브이로 가을이 아파트 복도에서 스스륵 사라지는 것을 보았다. 급히 집 안 불을 끄고 현관 한 구석에 숨어 있다가 가을을 공격했다. 사준이 정신 잃은 가을을 묶고 있는데 현이 문을 열고 들어와 사준을 공격했다.

사준과 현은 다투느라 가을이 깨어난 것을 보지 못했다. 가을은 몸을 공기로 만들어 밧줄에서 빠져나왔다.

"네가 여긴 왜 온 거야?"

사준의 목을 오른팔로 조르던 현이 가을의 목소리에 놀라 집중력이 흐트러졌고 그 틈에 사준이 팔꿈치로 현의 배를 쳤다. 그러자 현이 주먹으로 사준의 어깨를 때렸다. 가을은 둘을 그대로 둘까 하다가 사준에게 빨간 병을 던졌다. 사준의 몸이 그대로 굳어 버린 것마냥 꿈쩍도 하지 못했다.

"저 누군지 아시죠?"

가을은 사준 쪽으로 다가가 말했다. 우선 처리해야 할 건 사준이다. 사준이 눈을 두 번 깜박이는 것으로 대답을 대신했다.

"왜 왔는지 아시죠?"

가을은 자인에게 들었던 이야기를 그대로 했다. 사준은 당황하지도 화를 내지도 아쉬워하지도 않았다. 뭐 이리 시시해. 보통은 게임 머니를 뺏겨도 이보다는 화를 낼 것 같은데. 사준에게 그 돈들은 게

임머니보다 못했던 걸까.

가을은 사준의 가슴 앞에 손바닥을 펼친 후 구슬의 이름으로 말했다.

"앞으로 돈은 육체의 노동을 통해서만 벌 수 있다. 지금까지 뺏은 것은 원래의 자리로 돌려주어라."

사준의 가슴 위로 파란 빛이 돌더니 사준은 그대로 그 자리에 주저앉아 버렸다.

"야, 그만 나와."

가을은 현을 보며 말했다. 현이 가을의 뒤를 따라오며 말했다.

"이가을, 너 나 아니었으면 큰일 났어."

"내가 종호랑 하나 못 해치울 것 같아? 너 안 왔어도 내가 다 알아서 했을 거야."

"너 정신 잃은 사이에 네 가슴에 칼이라도 꽂았으면 어쩔 건데?"

현의 물음에 가을은 순간 할 말이 없었다. 그랬다면 가을도 꼼짝없이 당했을 거다.

"내가 정신을 왜 잃어? 잃은 척한 거야. 사준이 어떻게 나오나 보려고."

가을이 눈 하나 깜짝하지 않고 둘러대자 현은 "그랬냐?" 하면서 멋쩍어 했다. 이럴 때 보면 현도 유정 못지않게 단순하다.

"김현, 근데 너 나 왜 미행했어?"

가을이 단도직입적으로 물었다.

"미행이라니? 아파트 앞에서 우연히 널 봤어. 네가 세, 아니 어떤 사람으로 둔갑하고 들어가서 무슨 일인가 싶어서 급히 따라온 거야. 비명 소리가 나기에 여기로 들어와 보니까 사준이 널 묶고 있었다고."

우연이라니 말도 안 된다. 가을은 현이 몹시 의심스러웠다.

"내가 둔갑하고 올라가든 말든 네가 뭔 상관인데?"

"무슨 상관이라니. 이제 우리는 같은 야호랑이잖아."

현의 말을 들으면 들을수록 더 수상했다.

"그런데 네가 여길 왜 왔는데?"

"여기 아는 사람이 살아."

"아는 사람 누구?"

"네가 말하면 알아?"

"그리고 이 집 문은 어떻게 연 거야?"

"내가 그런 방법까지 일일이 너한테 보고해야 해?"

가을이 꼬치꼬치 캐묻자 급기야 현이 화를 냈다.

"근데 본호랑들 왜 그 모양이야? 만능통에서도 원래 이런 일할 때 둘 이상씩 다닌다고. 무슨 일 생길지 모르니까."

"진짜야? 둘씩 움직인다는 게?"

현이 고개를 끄덕였다. 가을은 기가 찼다. 자인이 찾아와 설명할 때 그런 이야기는 쏙 빼놓았다. 그 너구리 호랑이, 가만두나 봐라.

"이가을, 얼른 집에 가."

"너는?"

"난 만날 사람이 있다니까."

현은 가을을 미행한 걸 들키지 않으려고 끝까지 거짓말하는 것처럼 보였다.

"그래. 그럼 나 먼저 갈게."

가을은 우선 현의 거짓말을 믿는 척했다.

긴급회의

만만통의 회의가 갑자기 소집되었다. 급한 일이라고 해서 가을은 학교도 결석했다.

가을이 회의장 문을 열고 들어가자 자인이 다가왔다.

"지난번에 제가 조금 실수를 한 것 같네요. 가을 님이라면 당연히 호랑족 하나쯤이야 거뜬할 줄 알았죠."

안 그래도 자인을 만나면 따지려고 했는데 자인이 먼저 잘못을 시인했다. 가을은 이상하게 사과를 받은 것 같지 않았다. 그래도 선을 봐서 한 번 참을 생각이다. 선이 화가 나서 만능통을 찾아가 왜 가을을 혼자 가게 두었냐고 따졌고, 앞으로 가을에게 일을 부탁할 때 반드시 다른 호랑족이 따라가기로 다짐을 받았으며, 선은 이번 일을 계기로 만능통 활동에 적극적으로 임하기를 선언했다고 이 모든 건 물어보지 않았지만 유정이 전해 주었다. 가을은 유정의 말을 듣는 둥

마는 둥 했지만 기분이 나쁘지 않았다.

"별로 어렵지 않았어요. 알고 계시지 않습니까? 저는 모든 호랑의 구슬을 마음대로 할 수 있다는 것을요."

가을은 또박또박 말했다. 이 말의 속뜻은 자인의 구슬도 가을이 움직일 수 있다는 거다. 자인이 알아들었는지 살짝 인상을 썼다. 자리에 앉아 있던 호랑들이 일어나는 게 보였다. 뒤를 돌아보니 범녀가 들어오고 있었다. 자인은 가을 옆에 바짝 붙어 서더니 "범녀 님께 괜한 말씀 안 해 주셨으면 좋겠어요."라고 속삭였다.

범녀가 가을 쪽으로 다가왔다. 가을은 꾸벅 고개를 숙여 인사했다.

"가을아, 사준을 잘 처리했다고 들었어."

범녀는 가을의 어깨를 두드리며 말했다. 범녀 옆에 선 자인이 옆으로 도리질을 하며 가을에게 눈짓했다.

"제가 당연히 했어야 할 일인 걸요."

"수고했어. 가을이 네가 있어 아주 든든하구나."

범녀가 그 말을 한 후 가을 어깨에 팔을 두른 후 가을과 함께 천천히 걸었다.

"참, 보내 주신 음식 잘 먹었어요."

지난번 대면 이후로 범녀는 가을 집으로 고급 식재료를 여러 차례 보냈다. 한우 소갈비와 킹크랩, 성게알 등등. 어쩌다가 한 번씩 먹을 수 있는 음식들이다. 유정은 범녀가 보내 준 재료로 만든 음식을 먹으며 원래 범녀가 자기 편이라고 생각하면 확실히 챙긴다는 말을 해 주었다. 할머니는 마음 가는데 돈이 가는 거라며 호랑 중에 가을 편이 있어서 다행이라고 했다.

"별거 아니야. 너희 할머니랑 엄마가 그동안 너 돌보느라고 얼마나 고생이 많으셨을까. 집도 옮기면 좋을 텐데. 거기 네 방도 없다며?"

범녀가 가을이 살 집을 마련해 주겠다고 했지만 그건 거절했다. 음식 정도야 선물로 받을 수 있지만 그 이상이 되면 빚이 된다.

"아니에요. 정말 괜찮아요."

가을이 손을 내저으며 말했다.

"언제든 도움이 필요하면 말해. 선과 너는 내 유일한 핏줄이야."

범녀는 회의를 주재하는 정 가운데 자리로 가을을 데려가 앉으라고 했다.

"가을아, 오늘 회의는 원호인 네가 진행해야 한단다. 알겠지?"

범녀의 말에 가을은 고개를 끄덕였다. 가을은 의자를 빼내어 그곳에 앉았다.

회의에 참석한 이는 총 열다섯이다. 루비를 비롯한 야호 일곱이 가을 오른편에 앉았고 나머지 호랑족이 왼편에 앉았다. 오늘은 선도 참석했다.

막상 회의를 이끌려니 가을은 긴장이 되었다. 가을은 크게 심호흡하고 모인 이들을 한 번 죽 둘러본 후 입을 열었다.

"오늘 회의 안건이 뭐죠?"

자인이 일어나 앞에 있는 탁자 쪽으로 걸어갔다. 오늘 회의는 만만통에서 주최했지만 루비에게 물어보니 요청을 한 건 호랑족이다. 루비도 무슨 일인지는 잘 모른다고 했다.

"호랑의 정체를 눈치챈 인간들이 있습니다."

자인은 많은 이들 앞에서 말할 때도 입가에 미소를 지으며 느릿느릿 말했다.

"그게 왜 문제가 되죠?"

가을이 손을 살짝 들어 질문했다. 이제까지 살면서 야호는 인간에게 정체를 들키거나 알려 준 일이 있다. 가을 세 모녀는 영빈에게, 가을은 신우에게 야호인 것을 말했다. 다른 야호들도 그런 경험이 한 번씩은 있다. 물론 말한다고 다 믿어 주지도 않는다. 과학이 발달할수록 야호의 존재를 전설 속 이야기 정도로 생각했다.

"우리를 이용하려고 하니까요."

자인이 입가의 미소를 싹 거두며 말했다.

야호라고 다 좋은 인간만 만난 건 아니다. 야호의 정체를 밝히지 않는 것에 대해 대가를 요구하는 인간도 있었다. 그럴 때는 적절한 대가로 입막음하거나 그럴 수 없을 때는 그들로부터 숨어 버렸다.

호랑족은 그런 인간을 대하는 방식이 야호족과는 달랐다. 악은 악으로 다스려야 한다고 믿고 호랑족을 협박하는 인간을 없애는 쪽을 택했다.

자인이 빔 프로젝트를 켜 벽에 화면을 띄웠다. 거기에 '실버제약'

에 대한 정보가 나왔다. 제약 회사라면 이번엔 한두 명의 인간 개인만 처리하면 될 문제는 아닐 것이다.

"실버제약이 신체가 늙지 않는 호랑족의 존재를 추적하고 있습니다."

"어떻게 그들이 우리의 존재를 알게 되었죠?"

가을은 그들이 정보를 얻게 된 경로에 대해 물었다.

"그건 파악 중입니다."

자인이 계속 말을 이었다.

"실버제약에 'NOM 프로젝트 팀'이 최근에 만들어졌습니다. NOM은 'Not Old Man'의 약자이죠. NOM이 호랑족을 연구 대상으로 삼고 있다는 첩보가 입수되었어요."

실버제약이 구체적으로 어떤 일을 계획하고 있는지 알아내야 한다는 의견에 야호와 호랑 모두 동의했다. 실버제약은 개인이 아니기에 계획 없이 섣불리 움직이는 건 위험하다. 지피지기면 백전백승이랬다.

"우선은 실버제약이 어디까지 알고 있는지를 만만통에서 합동 조사하죠. 그다음 다시 회의를 하겠습니다."

가을이 만만통이 해야 할 일을 정리했다.

회의가 끝나고 가을이 나갈 준비를 하고 있는데 선이 다가왔다.

"집으로 갈 거니? 아님 학교?"

가을은 시간을 확인했다. 지금 학교에 가면 5교시부터 들을 수 있긴 하다. 하지만 별로 학교에 가고 싶지 않았다. 아무 때나 찾아오는 체험학습의 기회가 아니다. 가족 여행을 간다고 체험학습 계획서를 이미 냈기에 학교에 가지 않아도 된다.

"집이요."

"잘됐다. 엄마 만나기로 해서 나도 그쪽으로 갈 거야."

선이 같이 가자고 했다. 가을은 버스 타고 가는 것도 귀찮아 그러 겠다고 했다.

주차장에 선의 차가 있었다. 가을은 앞자리에 타야 하나 뒷자리 에 타야 하나 잠시 고민했다. 앞자리에 탈 정도로 가까운 사이는 아 니고 그렇다고 뒷자리에 앉는 건 예의가 없어 보일 것 같았다. 선이 먼저 차 쪽으로 가서 앞자리 문을 열어 주었다. 괜히 쓸데없는 고민 을 했다.

"차에서 좋은 향기가 나요."

가을의 말을 들은 선은 에어컨 필터에 끼어 있는 방향제를 가리켰 다. 차뿐만이 아니라 지금 가을이 머무는 선의 집에서도 그리고 선 에게서도 늘 좋은 향기가 났다. 비 온 후 숲속에 들어가면 나는 나무 향 같다. 선의 집으로 오기 전에 잠자리가 잘 맞지 않으면 어쩌나 가 을은 걱정했다. 셀 수 없이 이사를 많이 다닌 가을에게 잘 맞지 않는 집이 있었다. 잘 맞지 않는 집은 잠을 자도 잔 것 같지 않았다. 할머 니는 풍수지리를 이유로 들었고 엄마는 집과 사람의 궁합 때문이라 고 했다.

"출발할게."

차 출발 동시에 가을은 궁금한 것을 물었다.

"실버제약이 우리에게 위험할까요?"

말을 하고 보니 '우리'라는 단어가 어색했다. 선과 자신이 우리로 묶인다는 게 낯설지만 그 단어가 적절하다.

"오히려 우리가 그들을 위험에 처하게 만들까 봐 걱정이란다."

가을은 선의 말이 잘 이해가 가지 않았다. 하여튼 호랑은 알다가도 모르겠다.

"오늘 회의 정말 잘 이끌더라. 네가 진행하지 않았으면 엄청 길어졌을 거야. 다들 말이 많거든."

선이 가을을 칭찬했다.

"호랑들은 저를 좋아하지 않죠?"

"아니야. 왜 그렇게 생각해?"

"아직 저한테 적대적인 것 같아서요."

가을은 회의를 하면서 느꼈던 점을 솔직하게 털어놓았다. 오늘도 범녀가 가을의 편을 들어 주지 않았다면 긴장해서 제대로 말도 못 했을 거다.

"음. 야호들과 달리 호랑들은 좀 과격하단다. 평화를 이루는 방법이 야호들과는 달라. 하지만 이제 호랑들도 달라져야 해. 언제까지 인간을 적으로만 둘 수는 없으니까. 어머니도 많이 달라지셨어. 너에 대해 진심으로 미안하게 생각하고 계셔."

"저도 이제 범녀 님 만나는 것 괜찮아요."

"정말 다행이다. 고마워, 가을아. 어머니 용서해 줘서."

선의 말에는 다정함이 녹아 있다. 가을은 예전에 엄마가 했던 말이 떠올랐다. 선이 자기 이름을 불러 주면 안전한 막이 생긴 것 같았다는. 엄마가 왜 그렇게 느꼈는지 알 것 같았다.

"호랑들 중에 너에게 기대가 큰 이들도 많아."

아무래도 실버제약 일을 해결하는데 가을이 직접 나서야 할 것 같았다.

"가을아, 혹시 현이 오늘 회의 내용을 물으면 이야기하지 말아 줘. 임원을 뽑았다거나 별거 아니었다고 해 주면 좋을 것 같아."

"왜 그래야 하는데요?"

"현은 본호랑이 아니잖아. 이 일은 본호랑과 본야호만 알고 있는 게 좋을 것 같아."

가을은 뭔가 이상했다. 왜 선은 현을 꼭 집어 이야기한 걸까? 본호랑이 아닌 건 유정도 마찬가지인데 유정에게 말하지 말라고는 하지 않았다.

차가 집 앞에 도착했다. 엄마가 대문 앞에 나와 있었다. 엄마는 가을과 선을 향해 반갑게 손을 흔들었다. 엄마에게 이렇게 수줍은 표정이 있을 줄 몰랐다. 이럴 때 보면 엄마도 참 귀엽다.

"우리 미술관 갈 건데 같이 갈래?"

선이 물었고 가을은 괜찮다고 했다.

"제가 눈치가 좀 있거든요."

가을은 엄마를 향해 눈을 찡긋하며 말했다. 선과 엄마가 탄 차가 떠났고 가을은 홀로 집으로 들어왔다.

위장 취업

가을은 고개를 숙여 자신의 모습을 살폈다. 키가 7센티미터 커지고 어깨도 조금 더 넓어졌다. 가슴도 커졌다. 몸에 달라붙은 정장이 조금 불편하긴 하지만 참을 만하다.

가을은 1층 입구에 제 사진이 찍힌 출입증을 가져다 댔다. '띡' 소리가 나며 출입문이 열렸다. 가을은 다른 사람들과 함께 엘리베이터 앞에 섰다. 아무도 가을을 이상하게 바라보지 않았고 가을도 아무렇지 않은 척 옆에 있는 사람들이 하는 것처럼 핸드폰을 꺼내 화면만 봤다.

엘리베이터가 도착했다. 엘리베이터에 탄 가을은 27층 버튼을 눌렀다. 하지만 숫자에 빨간색 불이 들어오지 않았다. 다시 한번 버튼을 눌렀지만 그대로다.

"출입증을 대야 해요."

옆에 서 있던 여자가 버튼 아래쪽을 가리키며 알려 줬다. 가을은 목에 걸린 출입증을 빼내어 버튼 아래 갖다 댄 후 27층 버튼을 눌렀다. 그제야 숫자에 빨간색 불이 들어왔다.

다른 사람들은 27층 아래서 내렸고 27층까지 올라온 건 가을 혼자다. 가을은 어깨를 활짝 편 후 문을 열고 들어왔다. 비서실에는 지난번에 만났던 최 실장이 있었다.

"안녕하세요, 실장님."

실장은 고개를 까딱이는 것으로 인사를 대신했다. 최 실장은 회장 비서실 근무만 십칠 년째다. 지금 대표인 은세연의 아버지가 회장일 때부터 비서실에 들어와 일했고 지금 비서실에서 가장 높은 위치에 있다.

가을은 실장 옆에 있는 빈자리에 앉았다. 오늘은 가을의 첫 출근날이다. 책상 위에는 은세연 대표의 오늘 스케줄이 정리된 표가 있었다.

"김서희 씨, 이따 회장님 출근하시면 스케줄 보고 드려요."

"네."

오늘은 대표의 오전 일정은 없었고 오후에만 미팅이 두 건 있었다. 가을은 이곳에서 쓰는 이름으로 '김서희'를 골랐다. 서희는 가을의 첫 이름이기도 하고 령이 불러 주던 이름이다.

가을은 실버제약 비서실에 위장 취업을 했다. 야호랑이 실버제약에 잠입하자는 의견이 나왔고 가을이 하겠다고 나섰다. 비서실 업무를 잘할 자신은 없었지만 스스로도 자신이 원호로서 자격이 있는지 시험해 보고 싶었다. 비서실 업무에 능통한 야호에게 속성으로 일을 배웠고 어려운 일은 만만통의 도움을 받기로 했다. 다행히 여름 방학 기간과 잘 맞아 한 달간 시간적 여유가 있다. 비서실에 있으면서 실버제약이 가지고 있는 정보를 알아낼 거다.

가을은 1단계 둔갑으로 십 년 후 자신의 모습이 되었다. 할머니와 엄마, 유정에게도 실버제약 직원이 되었다는 것은 말하지 않았다. 이건 만만통의 극비 프로젝트다.

"서희 씨, 전에도 비서실에서 근무했다고 했나?"

"네."

최 실장은 이것저것을 물었다. 어디 사는지 누구랑 사는지 전공은 뭔지 계속 물었다.

"김서희 씨는 유 회장님 추천이라고 했죠?"

"네? 네."

실버제약 회장 비서실은 공채로 직원을 뽑지 않는다. 비서실은 검증된 사람이어야 한다며 추천으로만 직원을 뽑는데 유 회장은 범녀와 친한 자동차 회사 회장이다. 비서실에 근무하는 직원은 최 실장과 박 대리, 이렇게 두 명이다. 가을이 가기에 적합한 자리는 최 실장 자리보다는 박 대리의 자리다. 어떻게 박 대리를 쉴 수 있게 만들까 고민하는데 수수가 박 대리의 사정을 듣고 기다려 보라고 했다. 박 대리는 결혼한 지 십 년이 넘도록 아이가 생기지 않았는데 수수가 삼신할머니를 통해 아이를 점지해 주었다. 수수가 야호로 만든 이 중에 삼신할머니도 있다. 박 대리는 임신 사실을 알자마자 휴직 신청을 했고 그 자리로 가을이 왔다.

다음 주 대표의 약속 장소를 잡고 있는데 은세연이 들어왔다. 가을은 자리에서 일어나 인사했다. 면접 때 가을은 은세연을 만났다. 이상하게 처음 만난 은세연이 낯설지 않았다. 회장이라고 해서 나이가 많을 줄 알았는데 삼십 대 후반 정도로 보였다. 은세연이 회장이 된 건 일 년도 채 되지 않았다. 작년 은세연의 아버지인 전 회장이 갑자기 돌아가시는 바람에 은세연이 급작스럽게 회장직에 올랐다.

가을은 오늘 일정표를 가지고 은세연을 따라 회장실로 들어갔다.

"회장님, 오늘 K대학 생물학 연구 소장님과 열두 시 점심 약속이 있어요. 네 시에는 본사에서 마케팅 회의가 있습니다."

가을은 은세연에게 오늘 일정에 대해 설명했다.

"J제약 연구소에서 일했던 권세인 박사와 약속 좀 잡아요. 빠르면 빠를수록 좋을 거 같아요."

"네."

가을은 은세연이 이야기하는 것을 빠르게 메모했다. 은세연의 이번 달 일정도 꽤 빡빡해 보였는데 은세연은 더 많은 사람과 만나려고 했다.

가을이 나오자 최 실장은 무슨 이야기를 나누었냐고 물었다.

"아, 오늘 일정에 대해서요."

최 실장은 궁금한 게 많은 사람이다. 그렇다면 아는 것도 많겠지?
가을은 최 실장 쪽으로 의자를 돌려 앉았다.

"저기 실장님, 우리 회사 NOM 프로젝트 팀에 대해 좀 아세요?"

"왜? 서희 씨도 우리 회사 주식 샀어요?"

"좀 사 볼까 해서요."

최 실장은 NOM 프로젝트의 신약 개발 화제로 회사 주가가 많이
올랐다고 말했다.

"뭐 그 덕분에 위태위태하던 대표님 자리도 괜찮아졌지."

"왜요?"

최 실장이 주위를 살피더니 목소리를 낮춰 말했다.

"대표님이 회사에 온 지 얼마 안 되셔서 전 회장님이 돌아가셨거
든요. 대표님은 미술을 전공해서 이쪽 분야는 잘 몰라. 그래서 반대
하는 이사들이 많았어요."

"그럼 NOM 프로젝트는 지금 대표님이 추진하시는 거예요?"

최 실장이 고개를 끄덕였다.

"올해 초 대표님이 NOM 프로젝트 팀을 만들었어요. 바이오 업계
에서 꽤 주목을 받고 있지. 그 덕분에 대표님을 신임하는 분위기로
바뀌었어요."

최 실장은 NOM이 아니었다면 은세연이 대표 자리에서 버티지
못했을 거라며 속삭였다.

"신약을 어떻게 만들고 있는 거예요?"

"그건 나도 몰라요."

최 실장의 눈치를 보니 정말 모르는 것 같았다. 가을이 자기 책상으로 몸을 돌리는데 최 실장이 주의를 주었다.

"근데 서희 씨 비서실 주의 사항 알죠? 조심, 또 조심."

최 실장이 검지를 세로로 세워 입에 대었다. 면접 때도 주의를 들었고 일하기로 확정되었을 때 계약서도 썼다. 비서실에서 알게 된 정보를 절대로 바깥에 누설하지 않아야 하며, 정보를 누출했을 경우 손실액의 몇 배에 해당하는 경제적 책임을 묻겠다는 조항에 가을은 서명했다.

"말조심이 제일 중요하다고. 알았죠?"

가을은 알겠다고 대답했다. 다른 사람도 아니고 최 실장이 그렇게 말하니 우스웠다. 그러고 보면 어딜 가나 말 많은 사람들이 제일 말조심을 강조했다.

열한 시가 되자 최 실장이 나갈 준비를 했다. 오늘 점심 약속에 최 실장이 은세연과 함께 간다. 보통 외부 일정은 최 실장이 직접 따라간다. 그래서 가을이 홀로 비서실에 있을 시간이 많다.

은세연과 최 실장이 나간 후 가을은 회장실에 들어왔다. 혹시 시시 티브이에 찍히면 곤란하니 3단계 둔갑으로 모습을 지웠다. 1단계 상태에서 3단계까지 하니 에너지 소모가 만만찮다.

가을은 은세연의 서랍을 하나하나 열어 본 다음에 자료가 될 만한 것을 찾았다. 서랍에는 특별한 게 없었다. 책상 위에 있는 컴퓨터를 켰다. 컴퓨터는 비밀번호가 걸려 있다. 비번을 푸는 걸 만만통에 의뢰해야겠다.

바깥에서 비서실 전화벨 소리가 울리는 게 들렸다. 가을은 얼른 비서실로 나가 둔갑을 풀고 전화를 받았다.

집으로 돌아오자마자 가을은 침대에 벌러덩 드러누웠다. 너무 피곤해 회사에서 입었던 옷과 가방을 책상 위에 널브러트린 채 그냥 두었다. 정리할 힘도 없었다. 작년 할머니와 엄마가 둔갑해서 학교에 다닐 때 힘들다고 했던 게 떠올랐다. 그때 가을은 그까짓 게 뭐가 힘드냐고 했다. 할머니와 엄마를 이해해 주지 못한 게 미안하다. 역시 직접 겪어 봐야 안다.

가을은 요 며칠 계속 아침 일찍 출근해 저녁때가 되어야 돌아왔다. 물론 학교도 아침에 갔다가 오후가 되어야 돌아오는데 학교에서는 긴장하지 않아도 된다. 문제 좀 못 풀어도 되고 선생님이 물어보는 것에 대답 좀 못 해도 큰일 나지 않는다. 하지만 회사는 다르다. 가을이 조금 실수라도 하면 최 실장이 지켜보고 있다가 엄청 화를 냈다. 최 실장은 가을이 실수하기를 기다리는 사람 같았다.

일하는 틈틈이 실버제약의 정보를 파악하느라 정신이 하나도 없었다. 둘 중에 하나만 해도 힘든데 둘을 한꺼번에 해야 했다.

어른이 되면 좋을 거 같았다. 어른의 삶이 궁금해 어른이 되어 보고 싶었다. 그래서 둔갑해 실버제약에 잠입하겠다고 흔쾌히 나섰다. 그런데 어른으로 며칠 살아 보니 잘 모르겠다. 가짜 신분으로 살아서 별로인 걸까?

그나저나 내일도 출근해야 한다. 언제 토요일이 될까? 아직 토요일이 되려면 이틀을 더 기다려야 한다. 가을은 월급을 상상했다. 실버제약 직원으로 일한 만큼 꽤 많은 월급을 받을 수 있다. 물론 그것 때문에 비서실 직원이 되겠다고 나선 건 아니다. 그래도 그게 있으니 이 고단함을 버틸 수 있다. 월급 받으면 뭘 하지? 두 달 후면 신우 생일이다. 작년에는 선물을 주지 못했는데 올해는 신우가 갖고 싶어 하는 것을 꼭 사 주고 싶었다. 신우를 생각하니 누군가 가슴을 찌르는 것처럼 아팠다. 요즘 이래저래 핑계를 대며 신우 만나길 피하고 있었다.

그때 방문이 열리며 유정이 들어왔다.

"이가을, 이 옷은 뭐야? 가방은 또 뭐고?"

가을은 얼른 침대에서 일어나 옷장 안에 옷을 집어넣었다.

"너 요즘 뭐 하고 다니는 거야?"

가을은 아무것도 아니라며 유정이 들고 있는 가방을 빼앗았다. 그런데 가방 지퍼가 제대로 닫히지 않았는지 출입증이 흘러나와 바닥으로 떨어졌다.

유정이 가을의 출입증을 손으로 집어 들었다.

"실버제약?"

가을이 돌려 달라며 손을 내밀었지만 유정은 주지 않았다.

"너 요즘 여기 다녀? 왜?"

"그럴 일이 있어. 만만통 일이야."

가을은 더는 묻지 말아 달라고 부탁했다.

"너 설마 은세연이랑 일하는 거야?"

은세연이 뉴스에 종종 나오긴 하지만 유정은 마치 개인적으로 은세연을 아는 것처럼 말했다.

"네가 은세연 대표를 어떻게 알아?"

유정이 윗니로 아랫입술을 깨물며 대답했다.

"은세연이 현의 그녀라고."

세연과 현

현과 세연이 만난 건 삼십 년 전이다. 현은 가을처럼 꼬박꼬박 학교에 다니지 않았다. 그 당시 현은 선생님과 두발 길이로 인해 갈등을 빚다가 학교를 그만뒀다.

현은 학교 가는 대신 매일 텔레비전을 봤다. 어느 날 텔레비전을 보는데 처음 보는 가수가 나왔다. 두 명의 젊은 남자인데 노래도 춤도 패션도 남달랐다. 이렇게 세련될 수 있다니 미래로 타임 워프라도 한 것 같았다. 현은 귀와 눈이 번쩍 뜨이는 것 같았다. 그들의 옷을 따라 입고 그들의 노래를 따라 부르고 그들의 춤을 따라 췄다. 현은 자연스레 팬클럽 활동을 하다가 그곳에서 세연을 만났다. 세연도 현처럼 두 가수 중 춤을 잘 추는 가수를 더 좋아했다.

"너, 오빠 닮았어."

세연의 말을 듣고 현은 거울을 보며 가수의 표정을 더 따라하려고 노력했다.

현과 세연은 가수의 새 음반이 나오면 새벽부터 레코드 숍 문이 열리기를 기다려 제일 먼저 구입했다. 둘은 이어폰을 한쪽씩 나눠 꽂은 채 노래를 듣고 듣고 또 들었다. 함께 공개방송을 보러 갔고 콘서트도 찾아다녔다.

현과 세연은 사귀었지만 그래도 세연은 현보다 가수가 더 좋다고 했다.

"나야, 형이야?"

현이 물을 때마다 세연은 미소를 지으며 "당연히 오빠지."라고 말했다. 현은 서운하면서 서운하지 않았다. 세연이 말은 그렇게 해도 자신을 더 좋아한다는 걸 느낄 수 있었으니까.

현은 세연과 함께 있는 게 좋았다. 세연과 함께 음악을 듣고 함께 그림을 그렸다.

"현은 은세연과 함께 했던 시절만큼은 자신이 살고 있다고 느꼈대."

유정이 씁쓸하게 말했다. 가을은 현의 그 말을 이해할 수 있다. 이제까지의 모든 하루가 다 같지 않았다. 얼마 지나지 않았지만 기억조차 나지 않는 날도 있고 오래 전 일임에도 불구하고 생생해 더 특별한 나날도 있었다.

"너도 그때 은세연을 만난 적 있어?"

"응. 현이 날 떼어 놓으려고 몰래 나갔는데 쫓아갔지. 현은 나를 친척 동생이라고 소개했어. 근데 은세연을 보고 너무 놀랐어."

"왜?"

"현이 항상 그렸던 인선 누이랑 너무 닮아서. 인선이 환생한 줄 알았어. 나중에 은세연을 본 삼촌도 그렇다고 했어."

"아! 맞다!"

가을은 인선의 초상화를 떠올렸다. 은세연을 처음 봤을 때 어디서 본 듯한 게 그 때문이었을까? 은세연은 인선과 풍기는 분위기가 많이 닮았다.

유정은 담담하게 현과 은세연의 이야기를 계속 들려줬다. 이야기를 하는 유정의 눈빛이 슬퍼 보였다. 사랑에 빠진 현을 지켜보는 유정은 기쁘면서도 아팠다. 현이 행복한 건 좋지만 그 행복은 유정으로 인한 게 아니다. 유정은 가까이서 둘을 지켜보았기에 누구보다 둘의 이야기를 잘 알고 있었다. 하지만 유정은 주인공 옆에 있는 주목받지 못하는 조연일 뿐이다.

"둘은 언제 끝난 거야?"

"끝이 났나?"

유정은 오히려 가을의 말을 따라하며 되물었고 가을이 "어?" 하고 다시 물었다.

"끝 안 났어. 현이는 아직도 은세연을 좋아해. 둘이 더 일찍 헤어졌어야 했는데."

세연이 고등학교에 입학하면 현은 떠날 계획이었다. 그러던 어느 날 현과 세연이 좋아했던 가수가 갑자기 죽었다. 이른 아침에 세연이 엉엉 울면서 현에게 전화를 했다.

"오빠가 죽었대. 오빠가."

현은 세연이 잘못 안 거라고 생각했다. 말도 안 되는 루머는 어느 시절에나 있으니까. 솔로 데뷔를 성공적으로 해놓고 갑자기? 말도 안 된다. 그럴 리가 없다고 세연을 달래며 사실을 확인하러 연예부 기자로 일하는 호랑을 찾아갔다. 루머가 아니라 사실이었다. 이걸 세연에게 어떻게 전해야 하나 싶었는데, 뉴스를 통해 돌이킬 수 없는 사실임을 안 세연은 이미 쓰러져 병원에 가 있었다.

슬퍼하는 세연을 보고 현은 도저히 떠날 수가 없었다. 세연이 괜찮아질 때까지만 곁에 있자 다짐했다. 아직은 정체를 들키지 않을 테니까. 고등학교에 입학한 세연은 적응을 잘하지 못했다. 친구들과 갈등을 빚었고 현 앞에서 우는 일이 많았다. 세연이 고2가 되었을 때 갑자기 세연의 어머니가 돌아가셨다. 세연은 형제가 없었기에 현밖에 의지할 곳이 없었다. 세연을 외롭게 만들 수 없었다. 그래, 고등학교 졸업할 때까지만 있어 주자. 그런데 세연은 대학 입시에 실패했다. 좌절하는 세연에게 아직은 현이 필요했다. 세연은 재수를 해 그 다음 해 대학에 들어갔다. 그렇게 칠 년이란 시간이 흘렀다. 이제 정말로 세연을 떠나야 할 때였다. 종종 세연은 칠 년 동안 조금도 변하지 않는 현에게 신기하다는 말을 했다. 오빠 같던 현은 어느새 남동생 같아졌다.

현은 세연에게 자신의 정체를 들킬까 봐 두려워했다. 그래서 아무 말도 하지 않은 채 세연으로부터 사라졌다. 한국에 있으면 세연을 다시 찾아갈까 봐 일부러 먼 나라로 떠났다. 그때 선과 유정도 현을 따라 함께 갔다.

"현이 얼마나 힘들어 했는지 몰라."

은세연과 헤어진 후 현은 많이 아파했다.

"유정아, 그때 너는 어땠어?"

가을은 현의 이야기를 들으며 그 옆에 계속 있던 유정이 궁금했다.

"아팠지. 나도 아팠어. 마음이 몹시 아파서 심장을 확 꺼내 없애 버리고 싶었어."

유정이 담담하게 말했지만 슬픔을 참고 있다는 걸 가을은 느낄 수 있었다.

"나는 현이가 다시는 누군가를 좋아하지 못할 거라 생각했어. 현은 누구에게도 곁을 내주지 않았거든. 현은 심장이 없는 걸까? 자신을 살려 준 누이에게 심장을 주고 온 걸까? 그런 말도 안 되는 생각까지 했어. 그런데 아니었어. 은세연을 알게 된 후 현은 은세연을 그리기 시작했어. 은세연을 향한 시도 썼어. 현의 심장이 뛰더라. 가을아, 심장이 없는 현이 더 나았을까? 그 심장이 나를 위한 게 아니라면 없는 게 낫지 않았을까?"

'현을 좋아하지 않으면 안 돼?'라고 말하고 싶었지만 가을은 그만 두었다. 그건 마음대로 되지 않는 일이니까. 가을은 유정에게 아무 말도 해 줄 수 없었고 그렇다는 게 미안하기도 하고 화가 나기도 했다.

"가을아, 내가 인어 공주였다면 나는 칼로 왕자와 결혼한 그 공주를 죽였을 거야."

그 말을 하는 유정의 목소리와 눈빛이 섬뜩했다. 유정이 인어 공주가 아닌 게 천만다행이다.

"지금 그거 농담이지?"

"뭐 하러 없애. 은세연은 인간일 뿐이야. 고작 백 년도 못 사는 인간 따위 나한테 못 이겨. 멀리 보면 내가 이기는 게임이라고."

유정이 훌쩍이며 말했다. 가을은 사랑은 이기고 지는 게 아니라는 말을 유정에게 하지 않았다. 대신 유정의 어깨를 톡톡 두드려 주었을 뿐이다.

설마 현은 아직 은세연과 만나고 있는 걸까? 은세연에게 호랑족의 정보를 준 건 현이 아닐까? 은세연을 돕기 위해? 은세연은 NOM 프로젝트 때문에 기사회생했다.

"유정아, 혹시 현이 아직도 은세연 만나?"

"아니야. 그때 이후로 현이랑 은세연 만난 적 없어. 현이는 은세연이 자신의 정체를 아는 걸 제일 두려워했어. 알잖아. 인간들이 우리를 어떻게 생각하는지. 우리와 인간과의 사랑은 결국 비극으로 끝나.

인선 누이도 결국 그랬잖아. 현도 알고 있어. 그래서 먼저 떠난 거야."

"하지만 실버제약은 호랑족을 알고 있어."

"하여튼 현이는 아니야."

유정은 현을 굳게 믿고 있다. 하지만 가을은 현이 계속 의심스러웠다. 가을은 유정에게 자신이 실버제약에 다니는 것을 현에게 비밀로 해 달라고 부탁했다.

"서희 씨, 오늘 점심은 약속 없다고 했죠?"

은세연이 대표실 문을 열고 나오면서 물었다. 가을은 잠시 망설였다. 엊그제도 어제도 함께 점심을 먹자는 은세연의 제안을 거절했다. 은세연에 대해 알기 위해 비서실에 온 거지만 현과 은세연 사이를 알고 나자 괜히 은세연이 미웠다. 공과 사를 구분해야 하는데 만만통의 일원이라는 공적 마음보다 유정을 위한 사적인 마음이 컸다. 은세연과 함께 점심을 먹으면 유정을 배신하는 것 같아 점심 약속이 있다고 둘러댔다. 그러자 은세연보다 최 실장이 더 놀란 눈으로 가을을 바라봤다. 최 실장은 어떻게 감히 대표의 제안을 거절하느냐고 가을에게 뭐라고 했다. 하지만 점심시간은 엄연히 근무 시간에서 제외되는 보장된 휴식 시간이다. 가을에게 이틀 연달아 거절을 당하자 은세연은 도대체 가능한 요일이 언제냐고 콕 집어 알려 달라고 했다. 그게 바로 오늘이다.

"최 실장님. 내 방 좀 정리해 줘요."

은세연은 가을과 함께 일어나는 최 실장을 막아 세웠다. 점심을 가을과 단 둘이 먹겠다는 뜻이다. 최 실장은 떨떠름한 표정을 지으며 알겠다고 대답한 후 대표실로 들어갔다.

은세연이 가을을 데리고 간 곳은 회사 구내식당이다. 대표니까 맛있는 것을 사 주지 않을까 잠시 기대했는데 구내식당이라니. 은세연의 점수가 '-10'이 되었다.

식당 안으로 들어가자 은세연을 알아본 직원들이 고개를 숙여 인사했다. 은세연은 다른 직원들처럼 줄을 섰다. 가을도 그 뒤에 섰다. 차례대로 밥과 반찬 배식을 받은 다음 빈 자리에 앉았다. 학교 다니며 맨날 급식만 먹는 게 지겨웠는데 회사에 와도 크게 다를 게 없다. 푸석푸석한 밥, 밍밍한 된장국에 양념이 되다 만 김치, 눅눅한 멸치볶음, 언제 어디서 먹어도 양념 맛이 늘 똑같은 제육볶음까지. 가을만 학교에서 회사로 공간 이동한 게 아니라 식당도 그대로 공간 이동한 것 같았다.

"여기로 와서 실망했어요?"

은세연이 가을의 표정을 보고는 물었다.

"네. 대표님은 맛있는 거 드실 줄 알았거든요. 여긴 학교 급식이랑 다를 게 없잖아요."

"서희 씨, 참 재밌어. 그래서 난 젊은 사람들이 좋더라. 새로워. 임원급들은 입에 발린 소리밖에 못 한다니까. 내가 여길 데려와 봐. 그럼 다들 맛있대. 속으론 아니면서 말이야. 어쨌든 요즘 트렌드가 그래. 대표랍시고 튀는 거 말고 동료로 일해야 한다는 거지. 어떤 회사들은 직함 빼고 이름만 부른다잖아. 우리도 그렇게 할까 고민 중이야. 나한테 대표님 말고 세연 님 해 볼래요?"

"세연 님."

내키지 않았지만 가을은 시키는 대로 했다.

"아무래도 한글 이름 그대로 부르는 건 별로다. 영어 이름으로 부를까?"

은세연이 혼잣말을 했다.

"여긴 한국인데 왜 영어 이름을 써요? 영유도 아니고."

"그런가? 아, 몰라."

세연이 뭐가 재밌는지 깔깔대며 웃었다.

"새로 직원이 왔으니까 으레 밥 한번 먹어야지 했거든. 그런데 거절을 하네? 그러니까 더 먹고 싶은 거야. 요즘 이십 대들은 뭐에 관심 있어?"

"이십 대라고 다 같겠어요. 사람마다 다르죠."

가을도 이십 대에 대해 잘 몰라 그렇게 둘러댔는데, 은세연에 대한 마음을 숨기지 못하고 툴툴거리는 말투가 그대로 나와 버렸다. 그런데 은세연은 별로 기분 나빠하지 않았다.

"그런가? 그렇네."

은세연은 또 웃었고 가을은 살짝 의심이 들었다. 제정신 맞겠지?

은세연과 불편한 점심을 먹고 돌아왔는데 최 실장이 더 불편한 얼굴로 가을을 기다리고 있었다.

"뭐 먹었어요?"

"구내식당 갔는데요."

"그래?"

최 실장은 한쪽 입꼬리만 올린 채 웃었다.

"대표님이 서희 씨한테 관심 보인다고 우쭐해하지 말아요. 원래 대표님은 어린 사람한테 관심이 많아. 서희 씨보다 더 어린 직원 나타나는 순간 서희 씨는 아웃이라고."

누가 뭐랬나? 가을은 아무 대꾸도 하지 않고 책상에 앉아 할 일을 찾았다.

"근데 서희 씨 이십 대 맞아? 더 나이 들어 보여. 고생 많이 했나 봐."

가을은 어이가 없어 최 실장을 뚫어지게 쳐다봤다. 저런 말을 하면 가을의 기분이 상할 거라는 것을 모르는 걸까? 아무렇지 않은 표정을 짓고 있는 게 더 꼴 보기 싫었다.

아, 최 실장이 차라리 토끼처럼 변명이라도 해 주면 좋겠다. "아, 내가 뇌를 집에 놓고 와서 말이야." 하고 말이다. 토끼는 양반이었다. 어쩌면 자라는 다 알고 있지 않았을까? 간을 집에 두고 오다니 그걸 믿을 자라가 아니다. 토끼의 살려는 마음이 너무 갸륵하고 남 일 같지 않기에 믿는 척하지 않았을까. 최 실장이 뇌를 집에 두고 와서 그

런 막말을 하는 거라고 한마디 덧붙여 준다면 가을도 기꺼이 믿어
줄 거다.

　집 앞에는 반갑지 않은 손님이 가을을 기다리고 있었다. 가을은
인상을 팍 썼다.
　현이 가을을 보자마자 달려왔다.
　"너 실버제약 다닌다며?"
　"그걸 어떻게 알았어?"
　"유정한테 들었어."
　가을은 끙, 소리를 냈다. 하여튼 얘네는 비밀이 없었다.
　"네가 거길 왜 다녀?"
　"만만통 일이야. 알려고 하지 마."
　가을은 안 그래도 피곤해 얼른 집 안으로 들어가 쉬고 싶었다. 오
늘 하루도 최 실장 때문에 힘들었다. 은세연이 가을을 찾을수록 최
실장은 가을을 더 경계했다. 어떻게든 가을을 깎아내리려 했고 기분
상할 말을 툭툭 내던졌다. 학교에서도 질투가 심하고 옹졸한 아이들
을 꽤 많이 만났다. 그때는 그래, 아직 어리니까 그럴 수 있다고 이해
하려고 노력했다. 하지만 최 실장은 이미 다 컸는걸! 최 실장을 이해
해 주고 싶지 않다. 어쩌면 가을을 괴롭혔던 그 아이들도 최 실장처
럼 그대로 어른이 됐을지도 모른다. 성장과 나이는 비례하지 않는다.
　최 실장에게 너무 시달렸더니 현과 입씨름할 기운이 하나도 없었

다. 가을은 물끄러미 현을 바라보며 물었다.

"너 회사 다녀 봤나?"

"아니."

"이 누님이 너무 피곤해서 쉬어야겠다."

"네가 왜 누나냐? 살아도 내가 너보다 천 년은 더 살았다고."

가을은 현의 말을 듣고 피식 웃었다. 살아 온 시간을 두고 내가 기네, 네가 짧네 하다니. 현이 아직 어리긴 어렸다. 가장 오래 산 본야호나 본호랑은 절대 시간 이야기를 꺼내지 않는다.

"너, 은세연 건드리기만 해 봐."

"뭐? 어쩔 건데? 나에게 중요한 건 야호랑의 안위뿐이야."

가을은 현을 바라보며 또박또박 말했다. 그 힘든 최 실장을 견디는 이유도 가을이 책임감을 가지고 있기 때문이다. 그런 게 없었다면 당장 뛰쳐나왔을 거다.

"그런데 김현."

가을은 직접적으로 실버제약에 정보를 준 게 너냐고 물으려다가 말았다. 현이 솔직하게 말할 것 같지 않았다. 대신 돌려서 말했다.

"너 정신 차려. 은세연은 이제 너와 관계없는 사람이야. 이 일에 더 이상 관여하지 마."

가을은 다 현을 위해 하는 말이라고 덧붙였다.

"신우였어도 그렇게 말할 수 있어?"

"우린 달라. 신우는 내가 야호인 걸 알고도 날 좋아한다고. 너는 은세연에게 네 정체를 숨겼잖아."

가을의 말을 듣던 현이 코웃음을 쳤다.

"신우가 언제까지 중학생 유신우일 것 같아? 신우도 변할 거야. 우리랑 다른 인간이라는 걸 잊지 말라고. 네가 언제까지 유신우 옆에 있을 거 같은데?"

"하지만 신우는……."

"신우는 뭐?"

가을이 뭐라고 대꾸하면 좋을지 생각하고 있는데 현이 아예 가을의 입을 닫게 할 말을 했다.

"너 회사 다니더니 꼰대 다 됐다. 다 나를 위한 말이라고? 그거 꼰대들이 제일 잘하는 말이잖아."

그 말을 한 후 현은 인사도 없이 가 버렸다.

집으로 돌아온 가을은 유정을 보자마자 화를 냈다.

"너, 내가 현이한테 말하지 말라고 했잖아!"

유정이 가을을 피해 2층으로 후다닥 올라갔다.

"걔가 얼마나 눈치가 빠른데! 내가 숨기려고 했는데, 이미 내가 뭔가 숨기고 있다는 걸 알고 있었다니까!"

"그게 말이 되냐?"

유정은 현한테는 유독 더 투명하다. 에휴, 차라리 고양이한테 생선 가게를 맡기지.

옷을 갈아입는데 서희 이름으로 쓰는 핸드폰 알람이 울렸다. 최 실장이다.

다음 주 회의 자료 다 정리했지요?

퇴근했는데 연락이라니. 가을은 답을 보내지 않았다.

고백

아침부터 최 실장은 인터넷 기사를 보며 계속 한탄 중이다.

"하여튼 요즘 젊은 사람들 이해가 안 간다니까. 뭘 그렇게 칼같이 구분해? 근무 시간 아니면 일을 안 한다니?"

직장 생활에 관한 세대별 인식 조사에 관한 기사 이야기인데 가을은 최 실장의 말을 한 귀로 듣고 한 귀로 흘렀다. 가을은 이제 최 실장을 견디는 법을 깨달았다. 최 실장의 모든 말을 귀담아 듣지 않는 거다. 아주 잠깐 머리를 스쳐 가게 두고 절대 담지 않아야 한다. 그렇지 않다가는 가을의 기분만 상한다.

"서희 씨도 이렇게 생각해요? 뭐 서희 씨도 요즘 사람이니."

가을은 미소 짓는 것으로 대답을 대신했다. 학교에서도 요즘 아이들이라 불렸는데 회사에서도 그렇다. 가을은 평생을 요즘 사람으로 살고 있다. 재밌는 건 요즘 아이들이라 불린 이들이 자라나서 새로운 요즘 아이들에 대해 이야기한다는 사실이다. 저래 보여도 최 실장도 예전에는 요즘 아이들이었겠지.

최 실장의 재미도 없고 의미도 없는 설교가 길어지고 있는데 다행히 전화벨이 울렸다. 가을은 기쁜 마음으로 전화를 받았다.

"네. 비서실입니다."

"나 은세연이에요."

회사 전화로 은세연이 전화를 걸어 왔다. 은세연은 오후 회의에 필요한 자료를 집으로 가져오라고 했다.

은세연의 집에 도착했다. 현관문을 열고 들어가니 스피커에서 음악 소리가 크게 나오고 있었고 은세연은 보이지 않았다. 가을은 그대로 입구 쪽에 서 있었다.

잠시 후 은세연이 방에서 거실로 나왔다.

"어, 왔어? 음악이 좀 시끄럽지?"

은세연은 음악을 끄지 않고 볼륨을 조금 줄였다.

"서희 씨는 이 노래 모르지? 나 어렸을 때 엄청 유명했거든."

가을은 아무 대답하지 않았다. 가을도 당연히 알고 있는 노래였다. 현과 은세연을 만나게 해 준 가수가 부른 노래다.

"나 고등학생 때 좀 미움 받았거든. 뭐 이해해. 내가 예쁘지, 공부도 잘하지, 집도 잘살지. 재수 없었을 거야."

뜬금없이 은세연은 어린 시절 이야기를 시작했다. 가을은 그대로

서서 은세연의 말을 들었다. 대표님이 이야기할 때는 그냥 가만히 듣고 있는 게 최고라고 했던 최 실장의 조언이 이럴 때는 유용했다.

"처음에는 나를 대놓고 싫어하더니 나중에는 아예 나를 투명 인간 취급하더라고."

"힘드셨겠어요."

가을은 저도 모르게 이 말을 했다. 이건 진심에서 우러나온 말이다. 안 그래도 꽉 막힌 네모난 상자처럼 생긴 교실에서 반 아이들에게 치여서 숨을 못 쉬는 일만큼 힘든 건 없었다.

"그랬지. 그런데 좋은 기억도 있다? 내가 여고를 다녔는데 점심시간에 내 남자 친구 해준이가 우리 학교 운동장에 와서 이 노래로 춤을 췄어. 잘생긴 데다 춤도 잘 추는 애가 내 남친이란 걸 알고 나보고 재수 없다고 한 애들도 있지만 부러워하는 아이들이 더 많았어."

해준은 과거 현의 이름이다. 그 시절 은세연의 유일한 편은 해준이다. 해준 이야기를 하는 은세연의 표정은 무척 편안해 보였다. 회사에서는 늘 긴장한 모습이었는데. 은세연은 흥얼대며 노래를 따라 불렀다.

"그분은 이제 안 만나요?"

가을은 은세연을 떠봤다.

"어머, 서희 씨. 귀엽다. 옛날 남친이라니까. 내가 지금 몇 살인데?"

은세연은 뭐가 그렇게 재밌는지 깔깔대며 웃었는데 일부러 더 과장되게 그러는 것 같았다.

"잘 지내고 있을 거야. 제발 그랬으면 좋겠다."

은세연의 말에 그리움이 가득했다. 가을은 헷갈렸다. 현을 다시 만난 게 아닌가? 현이 호랑족 정보를 직접 전달하지 않았을 수도 있다. 현의 물건을 아무리 만져 봐도 은세연과 다시 만났다는 건 읽히지 않았다. 그건 은세연의 물건도 마찬가지다.

잠깐 멍하니 있던 은세연은 옷을 갈아입겠다며 방으로 들어갔다.

가만히 서 있기도 뭐해서 가을은 거실을 왔다 갔다 했다. 잠시 후 방에서 은세연이 가을을 불렀다.

"서희 씨!"

세연이 들어오라고 해서 가을은 방 안으로 들어갔다. 방이 너무 커서 거실이 하나 더 있는 줄 알았다. 방 안에 커다란 소파가 있었다. 그런데 거실과 달리 방은 어수선하다. 소파에 옷 여러 벌이 꺼내져 있고 화장대 위 물건도 많았다.

"방이 좀 지저분하지? 아직 이삿짐 정리를 못 했어. 방은 내가 따로 하고 싶어서 그냥 두라고 했는데 시간이 없더라고."

얼마 전에 은세연이 이사했다는 이야기를 최 실장에게 들었다.

"서희 씨, 나 이거 좀 해 줘."

은세연은 원피스 뒤에 달린 단추를 채워 달라고 했다.

"이 옷은 단추가 이상해. 잘못 샀어."

가을은 은세연의 등 뒤로 가서 단추를 채워 주었다. 은세연은 이 옷을 오늘만 입고 다시 입지 않겠다고 중얼거렸다.

"아, 서희 씨 온 김에 이것 좀 천장에 걸어 주라."

은세연이 협탁 위에 놓인 드림캐처를 가리키며 말했다. 가을은 은세연이 시키는 대로 다용도실로 가서 사다리를 가져왔다. 사다리 위로 올라가자 은세연이 드림캐처를 조심스럽게 건넸다.

"깃털 안 망가지게 조심해. 예전에 여행 갔을 때 선물 받은 건데 이거 놓은 이후로 잠을 잘 자."

깃털이 바란 걸 보면 꽤 오래된 물건 같았다. 링 세 개가 아래로 연결되어 있고 맨 아래 하얀색 깃털이 달려 있는데 방 인테리어와 전혀 어울리지 않았다.

가을이 드림캐처를 건네 받는 순간 파도 소리가 들리는 것 같았다.

"여기서 소리도 나요?"

"아닌데."

사다리를 내려오기 전에 가을은 깃털을 만졌다. 순간 가을 머릿속에 장면들이 재빠르게 스쳐 지나갔다.

산홋빛 바다가 펼쳐진 휴양지에 세연이 서 있다. 은세연이 발을 동동거리며 잃어버린 가방을 찾고 있다. 가방 안에 돈뿐만 아니라 여권, 호텔 키가 다 들어 있다. 현지 경찰은 가방을 찾기 힘들 거라고 한다. 망연자실하게 길에 주저앉아 있는 은세연에게 누군가 한국말을 걸어온다. 남자는 은세연에게 돈을 빌려주고 여권 재발급을 도와주러 대사관에 같이 간다. 은세연은 휴가 동안 그 남자와 함께 지낸다. 잠을 못 잔다는 은세연의 말을 듣고 남자는 휴양지에서 드림캐처를 사 준다. 은세연은 한국에 다시 돌아왔을 때 남자에게 연락을 해봤지만 없는 번호라고 나온다. 그 이후로 은세연은 다시 남자를 만나지 못한다.

"여기서 소리가 나?"

은세연이 가을 쪽으로 다가오며 물었다.

"네. 슬픈 소리요."

은세연은 자신이 만난 남자가 누군지 전혀 모르고 있지만 가을은 알아봤다. 현이다. 현이 어른이 되었다면 그런 모습이었겠구나.

가을은 천천히 사다리에서 내려왔다. 어제 저녁 신우와의 전화통화가 떠올랐다.

"가을아, 너 오로라 본 적 있어?"

"아니."

신우는 다큐멘터리에서 오로라를 봤다며 들뜬 목소리로 이야기했다.

"다행이다. 너도 본 적 없구나. 너는 안 본 게 없을 줄 알았는데. 그럼 가을아, 우리 나중에 오로라 보러 같이 갈래? 알래스카나 캐나다에 가면 볼 수 있대."

신우는 메시지로 오로라 영상 링크를 보냈다.

"직접 보면 훨씬 디 멋질 기야. 나중에 꼭 같이 가자. 니랑 꼭 보고 싶어."

신우는 가을에게 재차 같이 가자고 말했지만 가을은 아무 대답도 하지 않았다. 나중이라니. 가을과 신우에게 그런 게 존재할까? 그 순간 현과 은세연 대표가 떠올랐고 기분이 착 가라앉았다. 전화가 좋은 건 표정을 들키지 않아서다. 가을은 자신이 어떤 얼굴을 하고 있을지 거울을 보지 않아도 알았다. 은세연에 관한 이야기를 할 때 현의 표정을 가을은 기억했다.

"가을아, 내 말 듣고 있어?"

"어, 신우야. 나 지금 피곤해서."

"아, 그랬구나. 회사 다녀와서 힘들겠다. 전화 끊을게. 얼른 쉬어."

통화를 끝낸 후 가을은 침대 위에 웅크려 앉은 후 머리를 무릎에 갖다 댔다. 눈물이 날 것 같았지만 간신히 울음을 참았다.

은세연은 화장대 앞에 앉아 화장을 했다.

"저 그만 나가 볼게요. 준비하고 나오세요."

가을은 사다리를 들고 거실로 나왔다. 다용도실 앞에 도착한 가을은 벽에 기대어 스르르 주저앉았다. 현은 그렇게까지 해서 은세연을 다시 만나고 싶었던 걸까.

거실에는 여전히 음악이 나오고 있다. 빠른 템포의 댄스곡이지만 가을은 조금도 신나지 않았다. 저 아래부터 무언가가 올라왔고 가을은 윗니로 세게 아랫입술을 깨물었다. 바닥으로 더 바닥으로 하염없이 가을은 가라앉았다.

오늘 하루가 어떻게 지나갔는지 모르겠다. 멍하니 있다가 최 실장에게 지적을 몇 번이나 받았다. 회의실 예약도 틀리게 하고 쓰레기 대신 재무팀에 제출해야 하는 명세서를 버렸다.

은세연이 신경 쓰였다. 현이 신경 쓰였다. 아니다. 사실은 신우가 가장 신경 쓰였다. 가을은 언제까지 신우 옆에 있을 수 있을까? 삼 년? 길어야 오 년? 신우는 고등학생, 대학생, 직장인이 될 테지만 가을은 늘 지금 이 모습 그대로일 것이다. 신우에게 가을은 어떻게 기억될까. 한때 같은 반이었던 아이. 한때 좋아했던 아이. 한때 사귀었던 아이.

결국 가을은 신우의 과거가 될 거다. 신우와 더 깊어지기 전에 헤어져야 할까? 신우에게 귀찮고 지겨운 존재가 되고 싶지 않았다. 신우 곁을 떠날 생각을 하는 것만으로도 힘든데 나중에는 더 힘들어질 거다. 현도 그런 마음이었겠지. 현은 은세연 옆에서 조금만, 조금만 더 있어 주자는 마음으로 칠 년을 버텼다. 현은 얼마나 그 시간을 붙잡고 싶었을까.

한 걸음 한 걸음 힘겹게 집 앞까지 왔는데 가을은 결국 무너지고 말았다. 집 앞에 그토록 그리워하던 신우가 서 있었다.

가을은 신우를 보자마자 그 자리에 주저앉아 펑펑 울었다. 애써 참았던 눈물이 한꺼번에 터져 나왔다. 당황한 신우가 달려왔다.

"왜 그래, 가을아? 무슨 일 있어?"

가을은 신우를 안았다. 가지 마, 신우야. 가 버려, 신우야. 두 마음이 가을을 가득 채웠다.

"신우야, 나 너무 두려워. 우리의 나중을 생각하면 아무것도 할 수가 없어. 우리가 지금처럼 지낼 수 없을 게 분명하니까."

가을은 머릿속을 가득 채우고 있는 생각들을 신우에게 다 털어놓았다. 횡설수설 이 말 저 말을 늘어놓았지만 신우는 한 번도 말을 끊지 않았다. 가을은 눈물 콧물로 얼굴이 엉망이었다. 신우가 휴지로 가을의 얼굴을 닦아 주었다.

"가을아, 근데 나는 나중 말고 지금이 더 걱정이야."

"무슨 소리야?"

가을은 울다 말고 신우를 바라봤다.

"너는 정말 특별한 존재잖아. 너희 종족에서 가장 높은 원호이기도 하고 마음만 먹으면 둔갑도 하고 아는 것도 정말 많고 안 가 본 곳도 없잖아. 킬리만자로도 가 보고 알프스도 가 보고 다 가 봤잖아. 네가 오로라는 못 봤다고 해서 내가 얼마나 좋았는데. 나는 겨우 열여섯 남자애잖아. 네가 얼마나 날 어리게 볼까 걱정돼."

"난 그렇게 생각한 적 한 번도 없어."

"나는 너한테 더 멋진 남자 친구가 되고 싶어."

"넌 지금도 충분히 멋지다고!"

가을이 빽 소리를 질렀다. 신우가 놀라 가을을 봤다.

"진심이야. 반 애들이 너 3학년 되면서 더 멋있어졌다고……. 그래서 내가 얼마나 긴장하고 있는데."

가을과 신우는 서로를 바라보며 웃었다. 가을은 그제야 큰 착각을 했다는 걸 깨달았다. 신우와의 나중 일만 생각하느라 지금 신우가 무슨 생각을 하는지, 지금 신우와 무얼 하면 좋을지를 잊고 있었다.

신우가 가을의 손을 잡았다. 둘은 함께 동네를 걸었다. 이렇게 신우와 함께 있으니 가을의 모든 근심과 걱정이 녹아내렸다.

"가을아, 나는 요즘 네가 날 피하는 것 같아 걱정했어."

"미안해. 혼자 바보 같은 생각하느라 정작 중요한 걸 놓쳤네. 신우, 너랑 함께하는 매일매일 말이야."

"너랑 같이 있는 지금이 너무 좋다."

"나도."

"나는 너와의 지금을 계속 모을 거야. 가을아, 나는…… 네가…… 생각하는 것보다 더 너를 좋아해."

신우의 고백에 가을의 가슴이 두근두근 뛰었다. 지금 이보다 더 좋을 순 없었다.

은세연의 컴퓨터 하드를 해킹해 통째로 복사했다. 가을은 실버제약이 가진 자료를 하나씩 살폈다. 실버제약은 불멸로 추정되는 인물 다섯을 추적 감시하고 있다. 샘플 케이스 폴더 안 1부터 5번 폴더에 이들에 관한 정보가 들어 있었다.

1번 폴더에 저장된 인물은 스물다섯 살 종호랑이었다. 현재 사용 중인 이름과 거주 지역이 적혀 있었고, 오십 년 전부터 지금까지 찍힌 사진이 있었다. 물론 오십 년 동안 조금도 늙지 않았다. 4번 폴더는 가장 어린 열 살 야호 가족에 관한 거였다. 실버제약이 확보한 명단에는 호랑족뿐만 아니라 야호족도 있었다.

4번 폴더까지 확인한 후 실행 계획이라는 이름의 폴더를 열었다. 실버제약은 다섯 중 한 명을 포섭해 유전자를 분석할 계획을 갖고 있었다. 일반 인간과 다른 유전자를 찾아 복제하여 약에 사용한다면 노화를 늦출 거라 믿고 있었다. 다시 샘플 케이스 폴더로 돌아가 마지막 5번 폴더를 클릭했다. 이번에도 호랑족 사진이 수십 장 떴다. 사진을 클릭해 누군지 자세히 보려는데 최 실장에게 전화가 왔다. 전화를 받지 않았더니 문자가 왔다.

> 내일 아침 대표님 예전 집으로 가서
> 택배랑 우편물 좀 찾아와요.
> 주소는 **타워 5201호

가을은 핸드폰을 그대로 내려놓으려다가 다시 들어 주소를 봤다. 여긴 지난번 가을이 만난 호랑족 사준의 집이 있는 아파트였다. 은세연이 여기 살았다고? 아! 그때 만났던 사람이 바로? 사준의 집에 들어가려고 가을이 둔갑했던 주민이 은세연이었다. 어쩐지 은세연을 처음 봤을 때 낯설지 않았다.

그날 현은 아는 사람을 만나러 왔다고 했다. 현이 은세연을 만나러 온 거였나? 호랑족 정보를 은세연에게 넘긴 건 현일까? 하지만 은

173

세연은 최근에 현을 만난 적이 없다고 했는데.

5번 폴더 속 호랑족의 모습을 확대했다. 바로 현이다.

속셈

가을이 가져온 실버제약의 자료를 호랑과 야호 들이 한 장씩 넘겼다. 호랑과 야호의 유전자 분석을 계획하고 있는 실버제약 NOM 프로젝트 팀은 자신들이 찾은 이종들을 만날 계획을 세우고 있었다.

자료를 다 훑어 본 호랑들은 코웃음을 쳤다.

"인간들 참 귀엽죠. 감히 인간 주제에 우릴 노리다뇨?"

반대로 야호들은 이 일을 어떻게 해결할지 우려했다. 둘의 반응이 전혀 달랐다.

"다들 확인하셨죠? 이 정도면 우리가 먼저 나서야겠어요."

자인의 낮은 목소리가 회의장 전체에 울려 퍼졌다.

"실버제약을 그냥 두고 볼 수 없습니다."

자인 말에 다른 야호와 호랑도 동조하는 분위기다. 그런데 어떻게 나선다는 거지?

가을은 목소리를 가다듬고 물었다.

"나선다는 게 정확히 어떤 의미죠?"

"원흉이 될 만한 싹을 잘라야죠."

자인이 차분하게 대답했고 다시 가을이 물었다.

"싹을 어떻게 자르실 건데요?"

"없앨 겁니다. 그래야 우리 일족을 지킬 수 있습니다."

자인이 고개를 빳빳이 세운 채 아무렇지 않게 말했다. 그 모습에 가을은 잠깐 할 말을 잃었다. 물건도 아니고 사람을 없애겠다는 말을 어쩜 저렇게 쉽게 할 수 있는 거지?

"아뇨. 그럴 순 없습니다."

그 말을 한 건 선이다.

"우리를 지키기 위해 인간이 피를 흘리게 할 수 없습니다. 아직 실버제약이 우리를 공격한 것도 아니잖습니까?"

"그럼 공격당할 때를 기다리자는 건가요?"

"우리에게 해를 가하지 않을 수도 있습니다."

"이 자료들을 보고도 그런 소리가 나옵니까? 그들이 노리는 건 우리의 몸입니다. 우리의 유전자를 연구하려고 하죠. 실버제약은 여기 있는 호랑과 야호 들에게 접근할 거예요. 회유가 먹히지 않으면 무력을 행사할 게 분명합니다."

자인이 상황을 정리해서 말했다.

"이런 일을 해결하기 위해 호랑족 수호대가 있는 거 아니겠습니까. 원호님이 지시만 내리면 당장 움직이죠."

자인이 가을을 바라보며 대답을 요구했다.

가을은 순간 정신이 아찔했다. 야호랑을 지키기 위해 인간을 해치는데 동의해야 하는 걸까? 만약 령이었다면 어떻게 했을까? 령이라면 인간을 위험한 상황에 처하게 두지 않았을 것이다.

"야호랑을 쫓는 인간을 매번 없앨 수는 없습니다. 화는 더 큰 화를 불러일으켜요."

가을은 억양을 높여 단호하게 말했다. 이대로 물러서면 안 된다.

자인과 가을이 팽팽하게 맞섰다.

"흥분을 가라앉히고 함께 이야기해 보죠."

중간에서 범녀가 중재했다. 범녀는 원호의 의견을 들어 보고 싶다고 했다.

"지금 수호대가 할 일은 따로 있어요. 여기 나온 야호랑들에게 수호대를 붙여 주세요. 실버제약이 접근할 수 없도록요. 그리고 이들에게 정보가 노출됐음을 알려 주세요."

가을의 단호한 말에 야호랑들이 동요하는 게 보였다.

"조금 더 실버제약을 지켜봐요. 성급하게 움직일 필요는 없어요. 지금 우리가 해야 할 일은 인간을 향한 공격이 아닌 야호랑을 보호하는 거예요."

가을은 야호랑을 보호하는 걸로 의견을 모으기 위해 애썼다. 다행히 회의 막바지에 범녀가 가을의 편을 들어 주어 결국 호랑이 이 제

안을 받아들였고 야호도 동의했다.

회의를 끝내고 가을이 나가려는데 범녀가 다가왔다.

"실버제약 조사하느라 고생 많았어. 하지만 인간을 너무 믿지 말아야 해. 우선은 네 뜻을 따르마."

범녀가 가을의 어깨를 두드리며 말했다.

"감사해요."

"그런데 자료가 이게 다야? 빠진 건 없는 거지?"

"그럼요. 제가 찾은 건 다 가져왔어요."

가을은 목소리가 떨릴까 봐 긴장했다. 다행히 가을은 아주 자연스럽게 행동했다. 범녀는 다음에 보자며 먼저 회의장을 나갔다.

긴장이 풀린 가을은 빈 의자에 털썩 주저앉았다. 사실 실버제약에서 찾은 정보를 다 가져오지 않았다. 실버제약이 찾은 호랑족 중 현의 자료는 뺐다. 야호랑의 정보를 넘긴 호랑은 현이리라. 아마도 현은 은세연이 어려움에 처할 때마다 도왔던 것 같다. 이번에도 대표 자리를 위협받는 은세연을 위해 야호랑 정보를 넘긴 게 분명하다. 현은 정말 바보다. 이게 정말 은세연을 위한 일이라고 생각한 걸까.

"가을아, 괜찮아?"

루비가 다가와 말을 걸었다. 가을은 화들짝 놀랐다.

"뭘 그렇게 놀라?"

"아무것도 아니에요."

야호랑도 곧 실버제약에 정보를 넘긴 이가 현이라는 것을 알게 될 거다. 언제까지 현을 막아 줄 수는 없었다.

"저기, 부탁드릴 게 있어요."

"뭔데? 말해 봐."

여기서 말하기는 곤란했다. 단 둘이 이야기하고 싶었다. 가을의 의중을 알아챈 루비가 가을을 데리고 차로 갔다.

"제가 비서실에 근무하기 전에 은세연 대표가 만난 사람들을 조사해 주세요."

정보를 넘긴 게 현이라면 마땅한 처벌이 필요하다. 가을에게는 야호랑을 지켜야 할 의무가 있으니까.

"이건 만만통이 아닌 만사통 단독으로 해 주셔야 해요."

루비는 최대한 빨리 알아보겠다고 했다.

집으로 돌아온 가을은 계속 마음이 무거웠다. 책상 앞에 앉아 멍하니 있는데 방문이 열리며 유정이 들어왔다.

"할머니가 수박 먹으라는데."

가을은 지금은 별로 먹고 싶지 않다고 대답했다. 그러자 유정은 가을의 몫까지 다 먹겠다며 콧노래를 불렀다.

"저기 유정아."

가을은 나가려는 유정을 불러 세웠고 유정이 왜 그러냐고 물었다.

"만약에 현이 말이야."

"현이가 왜?"

현의 이름만 들었을 뿐인데도 유정의 눈이 반짝였다.

"아냐, 아무것도. 요즘 현이가 집에 안 오는 것 같아서."

"곧 개학이니까. 개학하면 매일 봐서 괜찮아."

유정은 수박 먹고 싶은 마음이 생기면 내려오라는 말을 남기고 방에서 나갔다. 가을은 유정에게 차마 하지 못한 말을 속으로 되뇌었다.

'유정아, 현이 어떡하니. 나는 너의 현을 더 이상 지켜줄 수 없을 것 같아.'

가을은 그 말을 속으로 꾹꾹 삼킨 채 길게 한숨만 내쉬었다.

루비가 가을을 다시 찾아온 건 긴급회의가 있고 이틀이 지난 후다. 늦은 밤 루비가 집으로 급하게 찾아왔다.

"전화로 이야기할 사안이 아니라 직접 왔어."

유정에게 양해를 구하고 가을은 루비와 2층 방으로 들어갔다.

"오늘 실버제약이 명단에 있던 야호랑을 찾아왔대."

"네? 그래서 어떻게 됐어요?"

"이미 정보가 노출된 야호랑 모두 거주지를 옮긴 상태라 별일은 없었어."

가을은 그 말에 가슴을 쓸어내렸다.

"다친 이는 없는 거죠?"

"응. 모두 무사해. 그리고 현이라는 호랑족에게는 네 예상대로 실버제약 사람들이 접근하지 않았어."

루비의 표정이 좋지 않았다.

"내가 온 이유가 하나 더 있어. 엊그제 네가 부탁한 것을 알아봤거든."

역시 현의 소행이란 게 밝혀진 건가. 가을은 손으로 마른세수를 했다. 현을 유정과 묶어 멀리 보내 버릴까? 야호랑이 찾지 못할 곳이 어디 있지? 꼭꼭 숨어 지내다가 백 년쯤 지나면 야호랑도 현을 용서하지 않을까? 야호랑을 위기에 빠트린 현을 그냥 두면 안 되지만 유정을 생각하니 마음이 흔들렸다. 가을 머릿속에 여러 가지 생각들이 왔다 갔다 했다.

"이걸 봐 봐."

루비가 내민 건 실버제약의 기업 정보 표다.

"이게 왜요?"

비서실에 있을 때 이런 비슷한 자료들을 본 적이 있었다. 말 그대로 공개된 회사 정보에 관한 것들이라 눈여겨보지 않았다. 루비가 종이를 넘기며 형광펜으로 칠한 부분을 가리켰다.

"여기 주주 명단을 봐"

실버제약의 가장 많은 주식을 가진 사람은 은세연이고 두 번째는 그의 삼촌인 은중식, 세 번째는 박지영이다. 박지영은 올해 초 주식을 꽤 많이 사들였다.

"박지영도 은세연 친척이에요?"

"아니. 범녀가 몇 년 전부터 사용하는 이름이야."

범녀는 사업을 하면서 박지영이라는 인물을 만들어 이중 생활을 해 왔다.

"은세연이 올해 초 박지영을 꽤 여러 차례 만났어. 박지영을 만난 후 NOM 프로젝트 팀이 만들어졌어. 등잔 밑이 어둡다고 우리가 이걸 놓친 것 같아."

"그럼 범녀 님이 은세연한테 야호랑의 정보를 넘겼다는 거예요? 도대체 왜요?"

"은세연과 은중식 모두 NOM과 연관되어 있어. 이들에게 문제가 생기면 실버제약의 대주주가 박지영이 될 가능성이 커. 이 둘만 없으면 박지영 편에 설 주주들이 한둘이 아니야. 즉 박지영이 실버제약을 차지하게 된다고."

가을은 회의 때 만났던 범녀의 모습을 떠올렸다. 범녀는 이상하게 차분했다. 오랜 시간 호랑족의 우두머리 역할을 했다고는 하지만 가을이 가져온 실버제약의 자료를 볼 때도 별로 놀라지 않았다. 아무리 인간들의 행동이 어리석고 한심해 보일지라도 야호랑에 관한 정보를 알고 있는 것에 대해 이토록 태연할 수 있을까. 범녀가 이미 실버제약을 다 파악하고 있었기 때문이었다.

"결국 저는 범녀가 실버제약에 넘긴 정보를 찾아낸 것뿐이네요?"

가을은 범녀 손에 놀아난 기분이었다. 회의가 끝나고 범녀는 정보를 다 가져온 게 맞느냐고 물었다. 가을이 현의 정보를 일부러 누락

시킨 걸 알고 있었던 거다.

하나씩 퍼즐이 맞춰졌다. 은세연에게 야호와 호랑의 정보를 넘긴 건 현이 아니라 범녀였다. 야호랑의 존재를 뒤쫓고 해치려는 인간을 야호랑은 절대 그냥 두지 않을 것이기에, 실버제약이 야호랑에게 접근한다면 범녀는 은세연과 은중식을 없앨 정당성을 얻을 수 있었다.

"범녀가 노리는 건 실버제약만이 아닐 거야."

"그럼요?"

"너의 원호 자리."

가을은 손톱이 살을 파고들 정도로 두 주먹을 꽉 쥐었다. 가을은 제 안에서 분노로 움직이는 구슬을 느낄 수 있었다.

"나는 야호랑도 인간도 모두 지켜 낼 거야.
범녀 계획대로 되게 두진 않아."

4부

마지막 반격

쫓겨난 가을

사람들은 '망했다'는 말을 참 쉽게 하지만 가을은 그 말을 좋아하지 않았다. 가게 문을 닫은 것을 보고 "저 가게 망했대."라고 말하고, 반 배정이 별로면 "올해 반 배정 망했다."라고 말한다. 심지어 한 번뿐인 생을 가지고 "이번 생은 망했다."고까지 말하는 사람들이 있다. 가을은 삶이 그렇게 쉽게 망하지 않는다는 걸 안다. 수차례 사기를 당한 할머니도 망했다는 말을 한 번도 한 적이 없고 엄마도 이 일 저 일 안 풀릴 때도 그 말을 하지 않았다. 가을도 그렇다. 위기가 있어도 어떻게든 삶은 흘러갔으니까. 그런데 지금 가을은 망했다는 생각이 절로 들었다.

오늘 거주지를 옮긴 호랑족 중 하나가 실버제약 사람들에게 납치될 뻔했다. 바로 만만통 긴급회의가 소집되었고 가을은 그 자리에서 원호 자리를 박탈당했다. 만만통 임원들은 '가을이 능장을 부리는 바람에 호랑족이 납치될 뻔했다. 아직은 NOM 프로젝트를 진행하는 몇 명만 야호랑의 존재를 알지만 이 정보가 세상에 드러나면 야호랑은 곤란에 처할 게 자명하다. 오래 살기 위해서라면 어떤 짓이라도 할 인간을 한가롭게 봐줄 때가 아니다. 모든 책임을 지고 가을이 원호에서 물러나야 한다.'라고 약속이라도 한듯 뜻을 모았다. 일이 있어 회의에 뒤늦게 도착한 선이 상황을 돌이켜 보려 했지만 이미 하나로 모아진 의견을 뒤엎을 수는 없었다.

믿었던 야호들마저 가을의 원호 자격을 의심했다. 최초 구슬을 가진 게 무슨 대수냐며 풋내기 종야호가 시키는 대로 하다가는 다 같이 자멸할 거라는 이야기까지 나왔다. 그 말을 들으면서 가을은 부들부들 떨렸지만 반박할 수 없다는 사실에 더 화가 났다. 가을이 원호가 되겠다고 한 적이 없었다. 최초 구슬을 가진 이가 당연히 원호가 되어야 한다며 야호와 호랑이 먼저 가을을 추대해 놓고 이제 와서 가을을 무능한 존재로 취급해 버리니 속이 무진장 상했다.

가장 얄미운 건 범녀다. 자인이 새 원호를 뽑아야 하지 않겠느냐며 범녀를 추천했고, 범녀는 어쩔 수 없이 자신이 원호 자리를 맡는 것처럼 행동했다. 루비가 나서 범녀가 실버제약의 3대 주주인 '박지영'인 것을 문제 삼았지만 범녀는 자신이 대주주로 있는 회사는 그곳 말고도 여러 개라며 그게 왜 문제가 되느냐고 여유롭게 반박했다. 다시 루비가 박지영이 실버제약에 호랑족에 대한 정보를 넘긴 게 아니냐고 묻자 범녀는 말도 안 되는 억측이라며 불같이 화를 냈다. 박지영이 실버제약에 정보를 넘겼다는 증거는 어디에도 없었다.

호랑의 만능통뿐 아니라 야호의 만사통도 실버제약 NOM 프로젝트와 관련한 인물들을 제거하는 데 동의했다. 루비는 가을에게 지금은 실버제약이 야호랑에 대해 너무 많은 것을 알고 있어 이 문제를 해결하는 게 우선이기에 반대하기 어렵다고 말했다.

결국 'NOM 프로젝트 핵심 인물 제거'라는 만만통의 합동 계획을 준비해 5일 후 진행하기로 결정되었다.

가을은 어떻게 집까지 걸어왔는지 모를 정도로 자괴감과 비참함에 정신을 차리기 어려웠다. 감정에도 무게가 있다. 좋은 감정은 가볍지만 부정적인 감정은 그 무엇보다 무겁다. 한 걸음 한 걸음 걸을 때마다 그 무게가 고스란히 발끝에 느껴졌다.

'아, 쟤는 또 왜 온 거야.'

현이 집 앞에서 가을을 기다리고 있었다. 현은 가을을 보자마자 달려왔다.

"오늘 긴급회의 있었다며?"

현은 회의 내용을 무척 궁금해했다. 가을은 저도 모르게 퉁명스럽게 대답했다.

"그렇게 궁금하면 네가 만만통 가입하든지."

가을은 지금 기분을 숨기지 않았다. 현을 의심한 게 미안해 현을 만나면 잘해 주겠다고 다짐했다. 하지만 그 다짐은 어디론가 사라져

버렸다.

"나도 그러고 싶은데 안 된대. 실버제약 사람들 어떻게 하기로 했어?"

"없앤대."

"뭐? 어떻게 그럴 수가 있어? 네가 안 된다고 했어야지. 막아야 할 거 아니야."

"나 이제 원호 아니거든."

가을의 말을 들은 현이 흠칫 놀랐다. 가을은 앞으로 원호 역할을 범녀가 맡게 될 거라 말했다.

"그것 봐. 내가 범녀 믿지 말라고 했잖아!"

현은 전부터 자기가 누누이 경고하지 않았느냐고 비아냥댔다.

"김현, 너 지금 내 상황이 고소하냐?"

"누가 그렇대?"

"아, 몰라. 지금 너랑 입씨름하고 싶지 않다고."

안 그래도 가을은 지금 머릿속이 아주 복잡했다.

"다들 범녀 의견에 동의해. 야호들마저도 말이야."

현의 얼굴이 일그러졌다. 제거 대상에는 현의 은세연도 해당된다.

"너 범녀가 은세연 만났던 거 알고 있었지? 그래서 나한테 접근한 거지?"

현이 천천히 고개를 끄덕였다.

"범녀가 세연이에게 손을 뻗치는 걸 막고 싶었어. 그래도 범녀가 이런 일까지 벌일 줄은 몰랐다고."

현은 야호와 호랑이 손을 잡을 것을 예측했다. 가을을 통해 실버제약에 어떤 일이 일어날지 알아낼 목적으로 가을네 학교로 전학 온 거다. 만약 현이 증언해 준다면 범녀의 속셈을 야호랑에게 모두 밝힐 수 있지 않을까? 하지만 현과 범녀 사이가 나쁘기에 현이 범녀를 모함한다고 할 수 있다. 심지어 범녀라면 자신의 죄를 현에게 뒤집어씌울 수도 있다.

"가을아, 만약에 실버제약이 야호랑에게 더 이상 접근하지 않으면 야호랑도 실버제약 그냥 두는 거지? 야호들은 인간 해치는 걸 원하지 않잖아."

"맞아."

평화주의자인 야호가 호랑과 뜻을 같이 하기로 한 건 인간의 접근을 막기 위해서다. 인간이 야호를 해치지 않는다면 야호는 절대 인간을 건드리지 않는다.

"하지만 실버제약을 어떻게 단념시킬 건데? NOM은 지금 실버제약이 가장 공을 들이는 프로젝트라고. 야호랑들의 정보까지 알아낸 상황에서 쉽게 포기하지 않을 거야. 이제 어쩔 수 없어."

가을은 현을 뒤로 한 채 대문 쪽으로 발걸음을 옮겼다.

"나를 연구하도록 만들게. 그러니 제발, 제발 세연이는 그냥 둬."

"뭐?"

화들짝 놀란 가을은 몸을 돌려 현 앞으로 갔다. 현은 몹시 간절한 얼굴로 말했다.

"세연이도 안다며. 내가 호랑이라는 거."

현은 이 사실을 또 어떻게 안 걸까? 은세연이 박지영의 말을 쉽게 믿었던 건 현 때문이다. 박지영은 현의 변치 않은 모습을 보여 주며 호랑의 존재를 증명했다.

"다른 야호랑들 건드리지 못하게 날 연구하게 하면 되잖아."

가을은 그게 무슨 뜻인지 아느냐고 소리쳤다. 현은 아무 대답하지 않았다.

"이 멍청아! 정신 차려. 너 죽을 수도 있다고."

"인선 누이가 어떤 마음이었는지 이젠 알 것 같아. 난 괜찮아. 세연이만 무사하다면."

현의 눈빛이 너무 진지해 가을은 숨이 막힐 정도였다.

"우리 유전자를 연구한다고 인간들이 늙지 않는 방법을 알아낼 수 있을 것 같아?"

"실버제약은 우리 중에 한 명이라도 필요하니까. 다른 야호랑 찾지 않는 조건으로 내가 갈게. 내가 가면 다른 야호랑들은 무사할 거야."

"아니."

가을은 단호하게 딱 잘라 말했다.

"현아, 결코 너로 끝나지 않을 거야. 너를 통해 필요한 걸 얻지 못하면 다른 야호나 호랑을 또 찾을 거라고. 팔 하나 주면 안 잡아먹겠다고, 다리 하나 주면 안 잡아먹겠다고 했지만 결국 다 먹혔잖아."

가을은 해와 달이 된 오누이 속 호랑이보다 인간이 더 하면 더 했지 못하다고 생각하지 않는다. 인간의 욕망은 끝이 없으니까. 현의 몸을 통해서 늙지 않는 비밀을 알아내지 못한다고 포기하지 않을 거다. 또 다른 야호랑의 몸을 욕심낼 테고 또 욕심낼 거다. 호랑은 호랑이의 붉은 피로 물든 수수밭을 오래 전 사들였고 누구도 출입하지 못하도록 만들었다. 인간뿐 아니라 야호든 호랑이든 옛이야기를 통해 얻은 깨달음을 간직하며 살아야 한다.

가을은 그제야 정신이 번쩍 들었다. 지금은 자괴감이나 비참함에 빠져 허우적거릴 때가 아니었다.

"그러니까 김현, 너 헛소리하지 마. 어쨌거나 너도 야호랑 중 하나야. 난 우리 중 누구도 다치게 만들지 않아. 절대 나서지 마. 범녀 계획대로 되게 두진 않을 거라고. 인간을 해치게 두지 않을 거야."

가을뿐만 아니라 실버제약도 범녀가 놓은 덫에 걸렸을 뿐이다. 덫에 묶인 채 최후를 기다리지 않을 거다. 어떻게 해서든 덫을 풀고 말 테다.

"이건 부탁이 아니라 명령이야."

이 말을 할 때 가을 몸속의 구슬이 저절로 움직였다.

현이 알았다고 했지만 가을은 현이 걱정되었다. 가을은 선에게 연락해 현을 잘 지켜봐 달라고 부탁했다.

왜 이렇게 풀리는 일이 없는지 모르겠다. 가을은 유정과 함께 집에 있는 게 몹시 불편했다. 어제 회의가 끝난 후 풀이 죽어 있는데 유정이 다가와 "너 감투에 욕심내는 캐릭터였어?" 하고 농담을 던졌다. 유정은 원호 자리를 잃은 가을을 위로하려고 장난을 걸었다. 가을도 그걸 알았지만 너무 쓰렸다. 농담을 농담으로 받아들일 수 있는 것도 어느 정도 마음의 여유가 있을 때 가능하다. 가을에겐 그럴 여유가 조금도 없었다. 그래서 유정에게 "그러니까 현이 너를 안 좋아하는 거야."라고 쏘아붙였다. 유정이 먼저 주먹을 날렸는지 가을이 먼저 그랬는지 기억나지 않는다. 가을과 유정은 주먹질만 한 게 아니라 베개와 책상 위 필통이나 책까지 던지며 다퉜다.

저녁을 먹은 후 가을은 방으로 들어가지 않았다. 유정과 함께 있는 게 불편했다.

가을이 2층 거실 소파에 앉아 있는데 방문이 열리며 유정이 나왔다. 유정과 가을의 눈이 마주쳤다. 유정이 가을을 노려봤고 가을은 긴장이 되었다. 설마 복수하는 건 아니겠지? 호랑은 반드시 복수한다고 하던데. 가을이 먼저 고개를 돌려 유정의 시선을 피했다. 유정은 그대로 화장실로 들어갔다.

가을은 유정에게 막말을 한 게 너무나 후회되었다. 무엇보다 진심도 아니었다. 가을은 주먹으로 제 머리를 세게 쾅 하고 때렸다. 아, 아프다. 너무 세게 때렸나 보다. 머리도 아프고 배도 고프다. 유정과 한 식탁에서 밥을 먹는 게 편치 않아 밥을 먹는 둥 마는 둥 했다.

가을은 원호 자리에서도 쫓겨났고 유정과는 다퉈서 말 한 마디 안 했다. 게다가 하루가 지났지만 아직 아무 계획도 떠오르지 않았다. 현은 선이 붙잡고 있지만 반드시 제 몸을 내주러 실버제약에 가려고 할 것이다. 머릿속에 '진퇴양난' 네 글자만 계속 맴돌았다.

가을이 꿔다 놓은 보릿자루처럼 소파 맨 구석에 앉아 있는데 신우에게 연락이 왔다.

> 가을아, 잠깐 나올 수 있어? 나 너희 집 앞이야.

가을은 얼른 1층으로 내려가 대문을 열었다. 고소한 기름 냄새가 났고 아니나 다를까 신우 손에 치킨 상자가 들려 있었다.

"웬 치킨이야?"

"너 저녁 못 먹었다고 했잖아. 배고플까 봐."

가을은 얼른 신우 손을 잡아끌고 마당으로 들어왔다.

"너 나보다 치킨이 더 반가운 거 같아."

"아냐. 당연히 네가 훨씬 더 반갑지."

"에이, 거짓말."

"헤헤. 들켰네."

신우는 치킨을 두 마리나 사 왔다. 할머니와 엄마, 유정도 함께 먹으라며 말이다. 가을은 우선 상자 하나를 열었다. 가족들에겐 이따가 가져다주면 된다.

"넌 안 먹어?"

"난 저녁 많이 먹었어. 너 먹는 거 보고만 있어도 배불러."

한참 먹다가 가을은 너무 게걸스럽게 먹고 있는 게 아닌가 신경 쓰였다. 고개를 들어 보니 신우가 빙긋 웃고 있었다. 입가에 양념이 묻었나 싶어 휴지를 찾는데 신우가 휴지를 들어 가을의 입 주변을 닦아 주었다.

"아직 유정이랑은 화해 안 했어?"

가을은 한숨을 길게 내쉰 후 고개를 끄덕였다. 원호 자리에서 쫓겨난 것 못지않게 유정이랑 다툰 게 신경 쓰였다. 가을은 지금 닥친 상황을 신우에게 중얼중얼 털어놓았다. 가만히 듣던 신우가 말했다.

"전에 네가 그랬잖아. 하나씩 해결하면 된다고."

"내가?"

가을이 그런 말을 한 적이 있는지 기억을 더듬어 보는데 신우가 물었다.

"가을아, 유정이 부를까?"

"지금?"

"응. 유정이도 같이 먹으면 좋잖아."

가을은 차마 직접 연락할 용기가 나지 않았다.

"네가 해 보든가."

신우는 유정에게 치킨을 먹겠느냐고 바로 문자를 보냈다. 가을은 유정이 싫다고 하면 어쩌지 걱정했는데, 곧바로 현관문이 열리면서 유정이 걸어 나왔다.

"2층까지 치킨 냄새가 어찌나 진동하던지. 너희 둘만 먹으면 진짜 절교하려고 했어."

유정이 가을 옆자리에 앉았다. 유정은 치킨은 식어도 맛있다며 잘 먹었다.

치킨을 다 먹은 후 가을과 신우, 유정은 가만히 테이블 앞에 앉아 있었다. 유정은 현도 같이 있으면 좋겠다고 말했지만 지금은 안 된다는 걸 유정도 잘 알았다. 유정은 현을 걱정했고 가을은 실버제약과 만만통의 충돌로 생길 희생자를 걱정했고 신우는 걱정하는 가을을 걱정했다. 지금 여긴 걱정이 가득했다.

유정도 신우가 야호랑에 대해 알고 있다는 것을 알기에 숨기지 않고 실버제약 이야기를 했다.

"인간들 왜 그렇게 욕심내는 거야? 인간도 백 년이나 살잖아. 그런데 뭘 더 살겠다고 그 난리인지."

유정은 현이 실버제약에 몸을 내주는 일이 정말 생길까 봐 걱정이 이만저만이 아니었다. 가을과 유정은 실버제약 사람들을 단념시킬 방법을 고민했다. 실버제약이 NOM 프로젝트를 멈추면 실버제약도 야호랑도 무사할 수 있다. 하지만 도무지 방법이 떠오르지 않았다. 급기야 가을은 머리카락을 쥐어뜯었다.

가만히 듣던 신우가 한마디 했다.

"그냥 실버제약 사람들한테 구슬 줘 버리면 안 돼?"

"어?"

"아, 미안. 그런 뜻으로 말한 게 아니야. 구슬은 너희한테 정말 중요한 거고, 마음대로 그럴 수 없다는 거 아는데, 그냥 나는 너무 답답해서."

신우가 말실수를 했다며 가을과 유정에게 사과했다. 하지만 그 순간에 가을에게 엄청난 아이디어가 떠올랐다. 가을은 너무 기쁜 나머지 신우를 와락 안아 버렸다.

"고마워. 신우야! 정말 고마워!"

소 잃고 외양간을 고친다는 속담이 있다. 이건 소를 잃어버린 어리석음을 한탄하는 게 아니다. 두 번은 잃지 않겠다는 의지를 보여 주는 거다.

가을은 신우 덕분에 실버제약 사람들을 단념시킬 절호의 방법이 떠올랐다.

자 여사

"여기가 맞아?"

유정이 물었고 가을은 핸드폰으로 현재 위치를 확인했다. 수수가 알려 준 주소가 맞긴 하다. 버스 정류장에서 내리자 하얀 꽃이 핀 너른 메밀밭이 나왔는데 걸어도 걸어도 집이 보이지 않았다. 아침 일곱 시까지 오라고 해서 동이 트기 전에 도착했는데 걷다 보니 어느새 해가 떴다.

"대박! 여기가 다 자 여사님 거라는 거지?"

유정의 물음에 가을은 고개를 끄덕였다. 수수가 알려 주기를 우리나라 곳곳에 자 여사 소유의 땅이 있다고 했다. 자 여사는 요즘 강원도 메밀밭에 머무르고 있다며 여기 오면 만날 수 있을 거라 했다.

신우의 이야기를 듣고 가을은 수수가 신우에게 줬던 위구슬을 떠올렸다. 가을은 수수에게 연락해 위구슬에 대해 자세히 물었다. 야호와 호랑이 가지고 있는 구슬은 아무 때나 발현되지 않는다. 하지만 위구슬은 아무 때나 만들 수 있다. 단, 위구슬을 만들 수 있는 건 자 여사뿐이다. 야호는 위구슬을 삼킨 사람을 마음대로 조종할 수 있다. 언젠가 야호의 정체를 알게 된 인간들이 야호에게 구슬을 내놓으라고 협박했던 적이 있다. 그때 수수의 도움으로 야호가 된 자 여사가 위구슬을 만들어 인간들이 다시는 구슬을 떠올리지 못하게 한 적이 있었다. 이번에는 위구슬을 실버제약 인간에게 줄 계획이다.

"가을아, 현이 괜찮겠지?"

"괜찮을 거야. 이 문제가 해결될 때까지 절대 잠에서 깨지 않을 테니."

가을은 유정의 어깨를 가볍게 두드리며 말했다.

어제 저녁 늦게, 선에게 연락이 왔다. 잠깐 쓰레기 버리러 나간 사이 현이 사라졌다고. 현이 갈 곳은 한 군데다. 가을은 유정과 함께 은세연 대표 집으로 갔고 그 앞에서 은세연을 기다리던 현을 만났다. 인선 누이가 김현에게 그랬듯 답답할 정도로 은세연에게 지고지순한 현은 가을이 어떤 말을 하든 듣지 않을 것 같았다. 그래서 가을은 현의 구슬을 움직여 깊은 잠에 빠지게 했다. 현이 일어났을 땐 모든 문제가 해결된 뒤일 것이다.

"그런데 자 여사란 분이 우리를 도와줄까?"

"부탁해 봐야지."

수수는 자 여사가 있는 곳을 알려 주긴 했지만 큰 기대는 하지 말라고 했다. 자 여사는 아무 부탁이나 들어주지 않는다며. 어쨌든 자 여사를 만나면 무조건 잘 보이라고 했다.

"어? 저기 집이 있다!"

메밀밭 끝까지 걸어가자 한옥 한 채가 나왔다. 나무로 만든 대문을 두드렸지만 아무도 나오지 않았다.

문을 밀자 안쪽으로 열렸다.

"계세요?"

가을과 유정은 집 안으로 들어갔다. 집은 옛날 한옥 형태 그대로였다. 집 중앙에 거실 대신 마루가 있고 그 옆으로 방들이 있었다. 또한 커다란 본채 옆에 사랑채로 보이는 작은 집이 있었다.

잠시 후 사랑채에서 한 아이가 문을 열고 나왔다. 가을 또래의 여자아이다. 아이는 집과 어울리는 자주색 개량 한복을 입었다.

"우리 할머니 안 계시는데. 아, 너희들이 오늘 일하러 온 일꾼이구나."

"일꾼?"

가을과 유정은 무슨 소리인가 싶었다. 그런데 자 여사의 손녀는 가을과 유정의 이름을 대며 맞지 않느냐고 했다.

"자, 날 따라와."

손녀는 가을과 유정에게 갈아입을 옷부터 주었다. 손녀가 입은 것과 똑같은 저고리와 바지인데 아무 색도 들이지 않은 흰색 무명옷이다.

손녀는 둘을 데리고 집 뒤쪽 문을 열고 나갔다. 거긴 아무것도 없는 황무지였다.

"여기에 새로 메밀을 심을 거야. 할머니가 너희 오면 밭에 돌 고르고 풀 뽑는 일을 시키랬어."

손녀는 호미와 낫과 함께 등에 멜 수 있는 망태를 주었다.

"이거 하면 너희 할머니 만날 수 있는 거지?"

"얼른 하기나 해."

가을과 유정은 등 떠밀려 밭으로 갔다. 오랜 시간 공터였는지 풀이 마구잡이로 자라나 있었고 군데군데 돌도 꽤 많이 보였다. 땅은 어림잡아 삼백 평은 되어 보였다.

"가을아, 이거 꼭 해야 해?"

"우선 시키는 대로 하자."

이 일을 끝내야 자 여사를 만날 수 있을 것 같았다. 가을이 낫으로 풀을 베고 유정이 뒤따라오며 호미로 돌을 골랐다.

잠깐 쉬려고 하면 저 멀리서 손녀가 "너희 할머니 만나기 싫어?" 하고 소리쳤다.

"그런데 자 여사님은 무슨 메밀 농사를 또 지으려는 거야? 이미 많이 짓고 있다며? 자기가 무슨 자청비야 뭐야?"

유정이 돌을 캐며 불만스럽게 중얼댔다.

"어, 맞아. 자청비."

"엥? 진짜?"

유정이 놀랐는지 호미를 든 채 벌떡 일어났다.

"내가 얘기 안 했구나."

자 여사는 농업의 신이라고 불리는 자청비가 맞다. 인간의 수명이 다해 지상을 떠나야 하는 자청비에게 수수가 구슬을 주어 불멸을 도왔다. 자 여사는 유독 메밀을 좋아한다. 이제까지 계속 제주도에서 지내다가 몇 년 전 강원도로 옮겨 와 메밀 농사를 짓고 있다.

"그런데 수수는 어떻게 자청비를 야호로 만든 거야? 수수 진짜 대단하다. 수수 한번 만나 보고 싶어."

유정은 수수에 대해 궁금해했다. 둘은 구슬 전쟁 때 같은 장소에 있긴 했지만 직접적으로 만난 적은 없었다. 여름 방학은 다 지나갔으니 겨울 방학 때 유정이랑 신우랑 모리셔스에 다녀올까?

"수수는 구슬이 발현하기 전에 구슬을 나눠 줄 사람을 미리 정한다고 했어. 자신에게 도움을 줄 수 있는 사람으로 고른대."

수수는 껍질을 까도 까도 계속 나오는 양파 같다. 지난번 삼신할머니를 야호로 만들었다고 했을 때도 놀랐는데 자청비까지 자기편으로 만들었을 줄이야. 수수의 손바닥 안에 있는 이들이 누구일지 궁금하다. 문득 가을은 자기도 그중 하나가 아닌가 의심되었다. 분명 루비를 통해 가을이 원호에서 쫓겨난 소식을 들었을 텐데 가을이 먼저 연락하기 전까지 수수는 연락하지 않았다. 가을이 위구슬 때문에 연락하자 다 알고 있다는 듯 '자 여사님 만나려고?'라고 물었다.

한참 일했더니 어느덧 밭의 형태가 되었다. 이제 자 여사를 만날 수 있는 건가 싶었는데 이번에는 손녀가 커다란 통을 들고 왔다. 그 안에는 메밀 씨가 가득 들어 있었다.

"이제 심어야지. 어떻게 심는지는 알고 있지?"

유정이 인상을 팍 썼고 가을은 손녀에게 통을 건네받았다. 가을과 유정은 다시 밭으로 갔다. 가을은 쪼그리고 앉아 호미로 밭을 팠다.

"가을아, 너 이거 할 줄 알아?"

"당연하지. 넌 옛날에 안 해 봤어?"

유정이 고개를 끄덕였다.

"나 농사짓는 거 잘 몰라. 호랑 되고 난 후에 계속 양반으로 지냈단 말이야."

유정은 가을과 신분이 달랐구나. 가을은 끙, 소리를 내며 메밀 심는 법을 알려 줬다.

"5센티미터쯤 띄어서 요만큼씩 씨를 넣으면 돼. 여긴 밭이 건조하니까 조금 깊게 심는 게 좋아. 너무 깊게는 말고."

"오, 멋진데 이가을."

가을은 유정의 칭찬이 하나도 기쁘지 않았다. 가을도 농사는 정말 오랜만에 지어 본다. 조선 시대에는 거의 농민으로 지냈다. 땅이 없는 소작농이라 늘 먹고살기가 어려웠다.

중간에 손녀가 와서 소금 간만 한 주먹밥과 물을 주고 갔다. 가을과 유정은 배가 고파 주먹만 한 주먹밥을 각각 세 개씩 먹었다.

"우리 꼭 콩쥐 같지 않냐? 쟤는 팥쥐 같고."

유정이 손녀를 가리키며 말했고 가을은 큭큭 웃었다.

"가을아, 이거 다 끝내고 우리 원님 잔치 갈 수 있겠지?"

"그럼. 내가 비단옷 만들어 줄게."

둘은 농담을 주고받으며 계속 씨를 심었다. 콩쥐가 팥쥐 모녀가 시킨 일을 다 해냈던 건 도와주는 이들이 있어서다. 참새가 도와주고 두꺼비가 도와주고 소가 도와줬다. 가을도 옆에 유정이 있어서 뭐든 할 수 있을 것 같은 기분이었다.

가을은 땀을 뻘뻘 흘리며 씨앗을 심는 유정을 바라봤다. 유정을 처음 만났을 때 이렇게 친구가 될 줄 조금도 예상하지 못했다. 친구보다는 적에 가까운 사이였으니까. 하지만 삶은 예상하지 못한 대로 흘러갈 때가 더 많다. 비록 유정은 가을과 같은 야호는 아니지만 가을처럼 인간에서 호랑이 되었다. 유정과 함께 있으면 가을은 외롭다는 생각이 들지 않았다. 가을이 범녀와 맞서려는 것은 인간을 지키거나 원호의 자리를 되찾기 위해서만은 아니다. 현을 걱정하는 유정을 위해서다.

유정이 바닥에 주저앉더니 갑자기 벌러덩 누웠다.

"왜 그래?"

"아, 몰라. 너무 힘들어. 아, 나는 누구인가. 여기는 도대체 어디인가."

유정이 더위를 먹기라도 했는지 이 말 저 말을 두서없이 했고 가을도 유정을 따라 밭에 누웠다. 햇볕이 뜨거웠지만 몸은 편했다.

"여기가 내 방 침대면 좋겠다."

"그러게."

가을은 눈을 감고 방을 상상했다. 여긴 메밀밭이 아니다. 여긴 유정과 가을의 방이다. 몸이 노곤노곤해지면서 잠이 오려는데 멀리서 소리치는 게 들렸다.

"니들, 우리 할머니 안 만나고 싶어?"

가을과 유정은 밭에서 일어나 다시 씨앗을 심었다.

해 뜰 때 시작한 메밀밭 일은 해가 지고 나서야 끝났다.

가을과 유정은 자 여사의 집으로 돌아갔다. 손녀는 마루 위에 앉아 약과를 먹고 있었다.

"그래. 다 심었니?"

유정이 대답 대신 씨앗이 들어 있던 통을 뒤집어 탈탈 털었다. 통은 깨끗하게 비었다.

가을은 손녀가 있는 마루로 한 발 다가갔다.

"여사님, 이제 그만하세요."

가을의 말에 손녀가 큰 소리로 "하하." 웃었고 팽그르르 돌며 자 여사의 모습이 되었다. 자 여사는 가을이 상상한 것보다 더 나이 든 할머니였다.

"나인 줄 언제부터 알았니?"

자 여사가 허허 웃으며 물었다. 유정도 어떻게 된 거냐며 가을의 팔을 툭 쳤다. 아침에 옷을 건네받았을 때 가을은 자 여사가 둔갑했다는 것을 알아차렸다. 옷에 자 여사의 장난기가 가득 묻어 있었다.
자 여사의 장단에 맞춰 주는 게 좋을 것 같아 모른 척했다.

"아직도 변신하는 걸 좋아하시나 봐요."

활달하고 장난을 좋아하는 자청비는 남자로 변해 문 도령도 만나
고 서천꽃밭 꽃감관의 사위도 되었다.

자 여사는 고생했다며 저녁을 한 상 차려 주었다. 소불고기에 파
전, 오징어볶음, 된장찌개까지 하나같이 다 맛있다. 유정이 밥을 먹
으며 음식 솜씨가 끝내준다고 말하니 자 여사는 허허 웃으며 말했다.

"여기도 다 배달된단다. 내가 이걸 언제 다 만들고 있겠어?"

가을과 유정은 어색하게 웃었다. 이러나저러나 맛있으면 되었다.

자 여사는 방에서 자개로 만든 상자를 가지고 나왔다.

"자, 여기 있다. 네가 원하는 거."

자 여사가 구슬을 주지 않으면 어쩌나 걱정했는데 자 여사는 흔쾌
히 만들어 주었다.

"너희 계획이 아주 재미있더라. 요즘 심심했는데 나도 같이 참여
할 수 있어서 좋구나."

자 여사가 상자를 챙기는 가을에게 물었다.

"네가 가진 최초 구슬로 나에게 내놓으라 하면 됐는데 왜 그러지
않았느냐?"

가을은 어깨를 올렸다 내리며 대답했다.

"그런 식으로 최초 구슬을 쓰고 싶지 않아요. 그리고 저는 자 여사

님과 친구가 되고 싶어요."

자 여사는 가을의 대답이 마음에 들었는지 흡족한 웃음을 지었다.

"오늘 너희가 심은 메밀은 시월이면 수확할 수 있단다. 그때 다시 오렴."

유정이 싫은지 인상을 썼다.

"현도 데리고 오자."

가을의 말에 곧바로 유정은 좋다고 고개를 끄덕였다. 물론 신우도 함께 와야지.

"구슬을 사용하기 전 먼저 네가 그걸 삼켜 구슬의 주인임을 새겨 놓아라. 꼭 명심할 것은 인간이 억지로 구슬을 삼키면 효과가 없단다. 구슬과 인간의 욕망이 자연스럽게 만나야 해."

헤어지기 전 자 여사는 위구슬의 사용법에 대해 단단히 주의를 주었다.

자 여사의 집까지 엄마가 데리러 와 주었다.

가을과 유정은 차를 타자마자 곯아떨어졌다. 둘은 어둠 아래 메밀 꽃이 하늘에서 떨어진 별들처럼 흐드러지게 빛나고 있는 것을 아쉽게도 보지 못했다.

쇼타임

"여기 어떻게 들어왔어요?"

거실 소파에 앉은 가을을 보고 은세연이 멈칫했다. 은세연은 벽 쪽으로 뒷걸음질 쳤다.

"서희 씨, 회사 그만두지 않았나?"

벽 쪽으로 붙은 은세연이 벽을 더듬거렸다. 경비 업체를 부르는 버튼을 찾는 듯했다.

"NOM 프로젝트 때문에 왔어요."

은세연이 버튼을 누르기 전에 가을은 일어나서 바로 둔갑했다. 이번에는 이십 대가 아닌 쉰 살의 모습이었다.

"난 당신들이 찾고 있는 늙지 않는 바로 그 호랑이에요."

은세연은 벽에서 손을 뗐고 가을 앞으로 한 걸음 다가왔다.

가을은 은세연에게 어떤 모습으로 나설지 고민했다. 아무래도 원래의 열다섯보다는 쉰 살이 나을 것 같았다. 인간들은 나이를 권위로 착각하니까. 아니나 다를까 이십 대 비서를 대할 때는 반말을 쓰던 은세연이 나이 든 가을에게는 더 이상 그러지 않았다.

"당신이 호랑이었군요. 근데 왜 날 찾아왔죠? 아니 애초부터 왜 비서로……?"

"NOM 프로젝트는 실패할 테니까. 우리의 유전자를 복제해도 소용없거든요."

가을의 단호한 말에 은세연은 인상을 썼다.

"그게 무슨 소리인가요?"

"우리의 유전자는 인간의 것과 다르지 않아요. 우리의 능력은 거기 있지 않거든."

가을은 가방에서 두툼한 서류를 꺼내 은세연에게 건넸다. 실버제약이 호랑의 몸을 확보하여 조사하고자 했던 유전자 검사표다. 만사통에 부탁해 만든 것으로 진짜 호랑의 몸이 아닌 일반 인간의 것이다. 가을은 이번 계획을 루비를 비롯한 만사통 몇에게만 이야기한 후 도움을 요청했다

자료를 보는 은세연의 표정이 점점 더 나빠졌다. 인간은 증거와 자료에도 약하다.

"NOM 프로젝트가 가능하면 이미 우리가 만들어서 상용화했겠죠?"

은세연은 서류를 탁자 위에 탁 내려놓았다.

"왜 저를 찾아왔죠? 프로젝트를 단념시키려고요?"

가을은 곧바로 대답하지 않고 은세연의 표정을 살폈다. 의심과 절망, 분노, 체념이 섞여 있었다.

은세연에게 확실히 확인해 둘 게 하나 있었다.

"당신들은 박지영을 통해 호랑에 대한 정보를 얻었죠?"

"네. 그런데요?"

역시 모든 게 범녀의 계략이었다.

"박지영이 어떻게 호랑을 알겠어요? 박지영이 바로 호랑이라고요."

은세연은 박지영과 있었던 일들을 떠올리는지 "아아." 하고 혼자 중얼거렸다.

"하지만 박지영 대표는 호랑 유전자를 인간에게 적용할 수 있다고 했어요."

"아니에요. 박지영이 당신들에게 접근한 이유는 따로 있어요. 박지영이 말하지 않은 게 하나 있어요."

"그게 뭐죠?"

"우리가 늙지 않는 건 구슬 덕분이에요. 하지만 그 구슬을 아무 때나 나눠 줄 수 있는 건 아니에요. 오백 년에 한 번 나눠 줄 수 있어요."

물론 구슬 발현 시기는 지났지만 은세연이 거기까지는 모르기에 이 정도 거짓말은 문제되지 않을 것이다.

"구슬을 받은 자는 우리처럼 나이 들지 않고 영원히 살 수 있죠. 우리는 박지영을 통해 당신들을 지켜봤어요. 우리는 우리에게 도움이 될 만한 인간을 골라요. 우리는 이번 구슬을 당신들에게 주기로 결정했어요."

"구슬의 존재를 어떻게 믿죠?"

"우리를 믿지 않으면서 NOM 프로젝트는 어떻게 진행할 거죠? 대부분 사람들은 우리의 존재를 이야기 속 신화 정도로 생각하죠. 우리를 믿는 사람에게만 우리는 기회를 줍니다. 김현 아니 해준에게 당신이 어떤 사람인지 이야기 들었어요."

가을의 말에 은세연은 마음이 흔들렸는지 더 이상 따지지 않았다. 가을은 NOM 프로젝트를 진행 중인 임원들이 호랑과 협력할 인재라는 마음에도 없는 칭찬을 했다. 호랑은 오랜 세월을 살아오면서 인간들이 모르는 물질의 효능을 깨닫게 되었고 앞으로 실버제약과 함께 신약을 개발할 거라는 터무니없는 약속을 했다.

"이번에 우리가 줄 수 있는 구슬은 총 다섯 개예요. 당신과 NOM 프로젝트에 대해 알고 있는 책임자 네 명. 다섯 명이 모두 구슬을 받는 걸 선택하지 않으면 없던 일로 할 거예요. 하루 시간을 줄게요. 내일까지 이 번호로 연락 줘요."

가을은 금박으로 번호가 적힌 명함을 은세연에게 건넨 후 소파에서 일어났다.

은세연이 현관으로 나가려는 가을을 따라왔다.

"잠깐만요. 해준이, 해준이 잘 있는 거 맞죠?"

은세연이 아주 조심스럽게 물었다. 이런 은세연의 모습은 또 처음 보았다.

"어릴 때 헤어지고 난 후 해준이를 단 한 번도 만난 적이 없어요."

가을은 잠시 고민했다. 현의 이야기를 은세연에게 해 줄까 말까. 어차피 잊을 텐데…….

"왜 만난 적이 없어요. 저 드림캐처."

가을은 은세연 방 쪽을 가리키며 말했다. 은세연의 눈동자가 커졌다.

"저도 호랑이 되면 해준이를 만날 수 있는 거죠?"

은세연의 물음에 가을은 대답 대신 다시 한번 강조했다.

"기한은 내일 이 시간까지예요. 우리가 구슬을 나눠 줄 수 있는 기간은 한정되어 있어요."

가을은 이 말을 남긴 후 은세연의 집에서 나왔다.

집 앞에는 유정이 기다리고 있었다.

"가을 할머니!"

유정이 가을의 팔을 잡으며 웃었다. 유정은 나이 든 가을의 모습을 낯설어 하면서도 재밌어 했다. 가을은 이대로 더 있을까 하다가 피곤함을 느껴 원래의 모습으로 돌아왔다.

"은세연이 믿을까? 신약 개발? 그게 말이 되냐고?"

유정이 불안하게 물었다.

"기다려 봐야지."

가을은 차분하게 대답했다. 이미 주사위는 던져졌다. 할 수 있는 것은 다 했다. 내일이 지나면 만만통의 NOM 프로젝트 핵심 인물 제거가 실행될 것이다. 가을은 마냥 불안하지만은 않았다. 해준 이야기를 할 때 은세연의 목소리가 기대감으로 떨리는 걸 느꼈다.

다음 날 아침 은세연에게 연락이 왔다. 벌써 결정을 내린 건가 싶었는데, 은세연은 박지영과 연락이 되지 않는다며 직접 박지영을 만나고 싶다고 했다. 범녀는 자신이 실버제약에 호랑의 정보를 넘긴 사실을 숨기기 위해 실버제약에서 아예 연락을 못 하도록 박지영이 휴가차 외국에 나간 것처럼 정보를 흘렸다. 이미 만사통을 통해 이 사실을 아는 가을은 태연하게 걱정 말라며 박지영과 함께 미팅에 나갈 거라고 말했다.

옆에서 통화 내용을 들은 유정이 걱정했다.

"어떻게 하려고?"

"네가 박지영인 척해. 이제 네가 나설 차례야."

"내가? 난 박지영 한 번도 본 적 없어."

약속 시간까지 세 시간이 남았다. 그 안에 박지영의 영상이나 사진을 구해야 한다.

"박지영을 찍은 영상이나 사진 뭐 그런 거 없을까?"

"아! 삼촌한테 있을 거야. 지난번 박지영 신분으로 건물 준공한 적

있거든. 그때 사진 찍은 거 삼촌이 받았다고 했어. 삼촌한테 말하자. 삼촌은 우릴 도와줄 거야. 응?"

"알았어."

가을은 급하게 선에게 연락해 모든 걸 말했다.

몇 분 후 선에게 문자가 여러 개 왔다. 박지영으로 둔갑한 범녀의 사진이다. 가을과 유정은 사진을 크게 확대해 박지영의 모습을 살폈다. 키는 170센티미터쯤 되어 보였고 골격은 지금 범녀와 비슷했다.

"한번 해 볼게."

곧 유정은 사진 속 박지영으로 완벽하게 변신했다.

"오, 둔갑술 잘하는데?"

"이 정도는 기본이지."

유정은 고개를 치켜든 채 우쭐거렸다.

은세연이 약속 장소로 정한 곳은 은세연이 자주 가는 식당의 룸이다. 가을은 박지영으로 둔갑한 유정과 함께 갔고, 은세연 역시 혼자오지 않았다. 실버제약의 2대 주주인 삼촌 은중식과 함께였다.

"오랜만입니다."

은중식이 유정에게 아는 척을 했다. 은중식도 박지영을 만난 적이 있나 보다.

"보통 분이 아니라고 느끼긴 했지만 박 대표님이 호랑족인 줄은 몰랐습니다."

은중식은 은세연보다 더 까다롭게 구슬에 대한 질문을 던졌다.

"세연이 말로는 자유자재로 변신을 할 수 있다던데 저도 호랑족이 되면 가능합니까?"

"그렇습니다."

"하하. 그럼 박보검이나 차은우처럼도 가능한가요?"

가을은 속으로 우웩했지만 가능하다고 고개를 끄덕였다.

"혹시 지금도 변신한 거 아닙니까? 박지영이 아니면서 박지영인 척 왔을 수도 있겠네요."

은중식의 농담에 가을과 유정은 뜨끔했다. 하지만 당황한 티를 내지 않고 가을이 말했다.

"호랑은 무엇으로든 변신할 수 있지요."

가을이 눈을 찡긋하자 유정은 그 자리에서 앞에 있는 은중식으로 둔갑했다. 은중식은 제 앞에 자기 모습으로 앉아 있는 유정을 보고 크게 놀랐다. 유정은 다시 박지영의 모습으로 돌아왔다.

이번에는 은세연이 물었다.

"만약 저희가 제안을 거절하면 어떻게 되나요?"

"차선책으로 우리제약을 생각해 두고 있습니다."

은세연과 은중식의 표정이 모두 굳었다. 우리제약은 실버제약과 함께 우리나라 제약업계 1, 2위를 다투고 있다.

"선택하세요. 호랑의 유전자를 조사해서 아무것도 얻지 못할지 아니면 영생을 얻을지를요."

가을은 그 말을 남기고 유정과 함께 식당에서 나왔다. 둘은 식당

근처에서 은세연과 은중식을 지켜봤다. 삼십 분쯤 지나자 식당으로 NOM과 관련한 나머지 세 명이 도착했다.

가을과 유정이 집으로 돌아와 쉬고 있는데 은세연에게 다시 연락이 왔다. 은세연을 포함한 다섯 명이 모두 구슬을 받기로 결정을 내렸다고 알렸다.

"NOM 프로젝트 자료들은요?"

"약속대로 모두 폐기했어요."

곧바로 가을은 만사통 컴퓨터 해킹팀에 의뢰해 삭제 여부를 확인했다.

수수의 집이 비어 있기에 그곳에서 저녁에 만나기로 했다. 범녀가 움직이기 전에 위구슬을 먹여야 한다. 마침 오늘은 보름달이 뜨는 날이라 은세연에게 구슬의 신비로움을 보여 주기 좋았다.

약속 시간까지 시간이 남아 가을과 유정은 선의 집으로 갔다. 오늘은 선이 함께 가기로 해서 할머니와 엄마가 대신 현의 옆을 지키기로 했다.

가을은 현이 잠들어 있는 방으로 홀로 들어갔다. 현은 평화롭게 잠들어 있다. 가을은 눈을 감고 현을 위해 기도했다. 현이 많이 아파하지 않길. 현이 이 일의 결과를 어떻게 받아들일지 가을은 알 수 없었다. 하지만 현뿐 아니라 현이 사랑하는 은세연을 구하기 위해 지금 이 방법이 최선이라 생각했다.

"미안해, 현아. 조금만 더 이 상태로 있어 줘."

가을은 할머니와 엄마에게 현을 부탁한 후 유정, 선과 함께 수수의 집으로 향했다.

수수의 집에는 루비와 다른 야호들이 먼저 도착해 있었다. 루비와 만사통 일원들이 오늘 의식을 치를 공간을 준비해 두었다. 수수가 신우를 가두었던 3층에서 진행하기로 했고 뮤지컬 감독으로 일하는 야호가 오늘 연출을 맡았다. 벽부터 바닥까지 온통 하얀색인 공간을 더 밝게 만들었다. 조도를 최대한 높여 일상 공간과 다른 느낌이 들게 했다. 밝은 조명은 기대감과 설렘을 높일 수 있다. 심장 박동보다 살짝 빠른 템포의 클래식 음악도 들릴 듯 말 듯 작게 틀어 두었다.

가을은 자 여사에게 받은 위구슬을 하나씩 삼켜 자신을 각인한 뒤 다시 내뱉었다. 위구슬은 알사탕만큼 작아서 삼키는 데 큰 무리가 없었다. 가을이 삼키기 전 위구슬은 투명했지만 뱉고 난 후에는 푸른빛이 돌았다. 이제 이 구슬을 삼킨 인간은 가을이 시키는 대로 움직일 것이다.

가을 옆에 선과 유정이 함께 있기로 했다.

가을은 루비와 소통하기 위해 이어폰을 끼었다. 입구에서 준비 중인 루비가 실버제약 사람들이 도착했다고 전달했다. 약속대로 그들은 모두 혼자 차를 몰고 왔다. 주차장에 내린 실버제약 사람 다섯 명에게 전자기기가 없는지 만사통에서 확인하는 절차가 진행되었다.

다섯 명이 올라오는 동안 가을은 쉰 살의 모습으로 변신했다. 유정은 지난번에 봐서 놀라지 않았지만 선은 가을의 늙은 모습에 어색하게 웃었다. 선은 가을이 둔갑한 걸 알면서도 자신보다 나이 든 딸의 모습을 낯설어 했다. 문득 나이 든 영빈을 만날 때 엄마의 마음이 어땠을까 싶었다.

야호의 안내에 따라 문을 열고 다섯 명이 들어왔다. 유정이 순간 은세연을 매섭게 노려보았다. 가을은 유정 팔을 꼬집었다. 그제야 유정은 은세연을 향한 시선을 거두었다.

긴 탁자 앞에 의자를 다섯 개 놓았다. 탁자에는 손바닥만 한 철제 상자가 놓여 있었다.

"앞에 앉으세요."

가을의 말에 은세연이 먼저 중간 자리에 앉았고 다른 네 명이 은세연 옆에 두 명씩 앉았다. 모두 다 잔뜩 긴장한 모습이다. 그때 이어폰에서 루비 목소리가 들렸다.

"가을아, 큰일 났어. 범녀가 호랑들을 데리고 왔어."

가을은 선에게 범녀가 왔다는 것을 알렸다. 선이 조용히 바깥으로 나갔다. 갑자기 선이 나가자 실버제약 사람들은 서로를 바라보며 불안한 눈빛을 보냈다. 다섯 명의 긴장을 풀어 줘야 할 가을이 더 긴장되었다. 범녀가 여기까지 들이닥친다면 오늘 계획은 다 끝이다. 가을은 천천히 숨을 한 번 내쉬었다.

"상자를 열어 보세요. 그 안에 구슬이 들어 있습니다."

가을은 최대한 여유롭게 말을 내뱉었다. 이어폰에서 루비와 범녀가 다투는 소리가 들렸다. 호랑들이 지금 무슨 꿍꿍이로 실버제약 사람들을 빼돌린 거냐며 화를 냈고 루비가 그냥 대화하는 것뿐이라고 둘러댔다. 바깥의 상황이 신경 쓰여 가을은 집중할 수가 없었다. 가을은 슬그머니 이어폰을 빼어 유정에게 건넸다. 유정이 대신 가을의 귀가 되어 줄 것이다.

다섯 명이 상자를 조심스럽게 열었다. 푸르스름한 구슬이 영롱하게 빛났다.

"자, 이제 구슬을 삼키세요."

가을의 말에 은세연이 먼저 구슬을 들어 삼켰고 나머지 사람들도 은세연을 따라했다.

구슬을 삼킨 인간들이 움직임을 멈췄다. 가을은 구슬을 향해 명령을 내렸다.

"구슬이 말하노니 너희들은 호랑에 관한 모든 것을 잊는다. 그와 연관된 기억이 조금이라도 떠오른다면 극심한 고통에 몸부림칠 것이다."

이제 이들에게 야호와 호랑과 관련한 기억들은 모두 사라졌다. NOM 연구 프로젝트도, 그걸 기획하며 가졌던 욕망도 모두 다. 은세연 역시 호랑뿐 아니라 현에 대한 것을 아무것도 기억하지 못하리라. 더 이상은 과거의 노래를 들으며 편안한 웃음을 짓지 못하리라.

가을은 그들의 몸에서 떨어져 나온 기억이 푸른색 연기가 되어 하늘 위로 사라지는 것을 지켜봤다.

깊은 산속에 샘물이 있다. 한 할아버지가 산속에 갔다가 샘물을 발견한다. 할아버지는 목이 말라 샘물을 마시고 젊어진다. 옆집에 살던 친구는 젊어진 할아버지에게 어떻게 젊어진 것인지 묻고 할아버지는 샘물에 대해 알려 준다. 그런데 샘물을 마시러 간 친구가 하루가 지나도 돌아오지 않는다. 할아버지는 샘물로 친구를 찾아간다. 그 샘물 옆에는 울고 있는 갓난아이가 있다. 친구는 샘물을 너무 많이 마셔서 아기가 된 것이다.

욕망에는 끝이 없다. 욕망은 늘 부족하다고 느끼게 만드니까. 영생을 향한 은세연과 실버제약의 욕망은 망각으로 대체되었다.

다섯 명이 모두 정신을 잃은 채 쓰러졌다. 곧이어 잠겨 있던 문이 열리며 범녀와 호랑들이 들어왔다. 범녀가 쓰러져 있는 실버제약 사람들을 보며 소리를 질렀다.

"지금 이게 뭐 하는 짓이야?"

가을은 범녀를 막아 세우며 말했다.

"이들은 더 이상 우리를 쫓지 못할 거예요. 그러니 없앨 필요가 없어요."

범녀의 손이 부들부들 떨렸다.

"자, 저기 보세요."

가을은 천장에 설치된 카메라를 가리키며 범녀에게 말했다.

"오늘 이 과정을 실시간으로 촬영해 야호랑들이 볼 수 있게 전송

하고 있어요. 방금 문자로 링크 보냈는데 못 보셨나 봐요?"

가을의 말을 들은 범녀가 급하게 핸드폰을 꺼내 문자를 클릭했다. 핸드폰 화면에 지금 범녀와 가을의 모습이 나오고 있었다.

"아래 링크가 하나 더 있어요. 은세연이 박지영에 대해 증언한 내용이요. 실버제약에 야호랑에 대한 정보를 준 자는 바로 범녀, 박지영이었어요."

가을은 여기까지 말한 후 잠시 쉬었다가 범녀에게 바짝 다가가 범녀만 들을 수 있도록 작은 목소리로 말했다.

"당신만 제 손발을 묶을 수 있는 건 아니랍니다."

"으아악!"

절규하며 날뛰던 범녀가 가을을 향해 달려들었다. 가을은 빨간 병을 범녀에게 던졌다. 범녀가 멈춰 섰다. 빨간 병의 효력으로 범녀는 몸을 움직이지 못했다. 이번엔 정말로 가을이 범녀의 몸을 꽁꽁 묶어버린 것이다. 가을과 1킬로미터 이상 떨어져야 마비가 풀릴 것이다.

만사통의 연락을 받고 온 만만통의 감사팀이 범녀에게 다가왔다.

"당신은 야호랑의 정보를 인간에게 의도적으로 넘긴 혐의가 있습니다. 도주의 위험이 있으니 지금 즉시 범녀 당신을 구속할 것입니다."

몸을 못 움직이는 범녀를 만만통 요원들이 마네킹처럼 들고 나갔다.

소동을 벌이던 범녀가 나가자 가을은 바깥에 있는 만사통을 불렀다. 야호들이 실버제약 사람들을 한 명씩 데리고 바깥으로 나갔다. 각자의 차에 태워 집 앞까지 데려다 줄 것이다. 깨어난 후 무슨 일이 있었는지 의심하지 않도록 다섯 명이 만나 함께 저녁을 먹은 기억을 심어 두었다.

가을이 계단을 터덜터덜 내려가는데 유정이 따라왔다.

"수고했어, 가을아."

가을은 그대로 유정에게 기댔다. 유정이 가을의 어깨에 손을 둘러 부축해 주었다.

"나 잘한 거 맞지?"

"그럼. 네가 모두를 지켰어. 인간도, 야호랑도, 현도, 나도."

유정의 칭찬에 가을은 안도감을 느꼈다. 가을은 당장은 아무것도 걱정하지 않을 생각이다. 모든 걸 알게 된 현이 어떤 반응을 보일지 범녀가 앞으로 또 어떤 위협을 해 올지 그 고민들은 나중으로 미룰 것이다.

잠에서 깨어난 현은 은세연이 자신을 기억하지 못할 리가 없다고 했다. 현은 자신의 모습 그대로 은세연을 찾아갔다. 가을과 유정도 걱정되어 뒤따라갔다. 현은 은세연 앞에 마주섰지만 은세연은 정말로 현을 알아보지 못했다. 은세연이 떠난 후 현은 그 자리에 주저앉아 버렸다. 현은 한참을 일어나지 못했다. 옆에서 유정이 그래도 은세연이 무사해서 다행이지 않느냐고 현을 위로했다. 현은 "어차피 지나간 인연이었어."라고 중얼거렸다. 가끔 텅 빈 눈빛으로 허공을 바라보는 현을 종종 볼 수 있었는데, 이제는 그 시간이 조금 더 길어질 것 같았다.

현에게 은세연이 지나간 인연이 되었듯 가을에게 신우도 그렇게 될까? 가을은 신우와의 미래를 생각하면 사방이 막힌 어둠 속에 갇힌 기분이 들었다. 일 년 후 오 년 후 십 년 후가 가을과 신우에게 있을까.

모르겠다. 가을은 지금 신우가 몹시 보고 싶을 뿐이었다.

새로운 종족

개학을 하루 앞두고 가을은 신우와 만나기로 했다. 유정이 따라온다는 걸 간신히 말렸다. 오늘은 신우와 단 둘이 있고 싶었다. 크리스최가 만든 영화를 보고 피자를 먹기로 했다.

약속 장소에 신우가 먼저 도착해 있었다. 신우는 가을을 향해 손을 들어 인사했다. 해사한 신우의 미소를 보니 가을은 저절로 웃음이 나왔다.

가을은 예전에 읽었던 이야기가 떠올랐다. 왕은 현자를 찾아와 세 가지를 묻는다. 가장 중요한 순간은 언제입니까? 가장 중요한 사람은 누구입니까? 가장 중요한 일은 무엇입니까? 가을은 뒷장을 넘기지 않아도 너무 쉬운 답이라는 걸 알았다. 긴 세월을 살아온 가을은 그 답을 알고 있었다.

가을은 지금 신우와 무엇을 할 수 있을지 생각했다.

지금 신우의 손을 잡고 싶다.

지금 신우와 길을 걷고 싶다.

지금 신우와 이야기를 하고 싶다.

지금 신우와 아이스크림을 먹고 싶다.

가을은 달려가 신우를 안았다. 신우의 품이 따뜻했다. 가을은 지금 신우와 함께 있다. 나중이란 건 결국 지금이 모여 만들어진다. 가을은 신우와의 오늘을 차곡차곡 쌓을 거다.

신우와 다정하게 손을 잡고 걸어가는데 가을은 자꾸 이상한 기운이 느껴졌다. 고개를 돌려 주변을 살폈지만 수상한 사람은 보이지 않았다.

"왜 그래, 가을아?"

"아냐, 아무것도."

가을은 신우와 함께 영화관이 있는 건물로 들어갔다.

문 앞에 사람은 보이지 않지만 말소리가 들렸다.

"저 아이가 최초 구슬을 가지고 있다는 거지? 이제 돌려받아야겠어."

바라는 바가
이루어지길

작년에 『오백 년째 열다섯』 책이 나온 직후 뒷이야기를 물어보는 독자들이 있었다. 현이 누구인지 가을과 신우는 앞으로 어떻게 되는지 2권은 나오는지 궁금하다고 했다. 그때마다 나는 매번 그렇듯 아쉽지만 다음 이야기는 없다고 말했다. 후속편은 작가의 머릿속에서만 가능한 경우가 대부분이니까. 2권을 쓰고 싶지만 쓰지 못한 경우가 많다. 나 혼자 상상에서 그칠 뿐이었다.

유독 이 작품만큼은 그 상상의 시간이 길고 하고 싶은 이야기가 많았다. 아직 하지 못한 이야기가 많은데 어쩌나. 최초의 구슬을 가진 가을의 능력도 보여 주고 싶고, 신우와의 로맨스도 진행되어야 하고, 호랑족인 유정과 현의 이야기도 풀어야 할 게 아주 많았다. 오백 년 만에 다시 만난 가을 엄마와 아빠도 있는데……. 누구보다 내가 『오백 년째 열다섯』의 다음 이야기를 바랐지만, 바란다고 다 이루어지는 게 아니란 걸 알기에 2권을 쓰고 싶은 마음을 꾹꾹 눌렀다.

그런데 2권을 요청하는 독자들이 점점 늘어갔다. 다음 이야기는 어떤 내용이면 좋을지 내게 스토리를 만들어 제안까지 했다.

"작가님. 저 책 진짜 싫어하는데, 이 책은 진짜 재밌어요."

'진짜'를 강조하며 말했던 아이들의 표정과 말투를 전부 다 소중하게 기억한다. 그 마음들 덕분에 2권을 쓰게 됐다. 바라는 일이 이루어질 수 있다니 2권 원고를 쓰는 도중에도 그랬고, 지금 이렇게 작가의 말을 쓰면서도 신기하다. 가을의 말대로 역시 삶은 예상하지 못한 대로 흘러갈 때가 많구나. 종종 소설은 내 삶을 함께 산다.

내 머리를 가득 메웠던 가을과 인물들이 바깥으로 흘러나와 저절로 움직였다. 변한 가을의 모습이 가장 반가웠다. 가을은 열다섯이기에 어떤 상황에 놓이느냐에 따라 얼마든지 마음과 행동이 달라질 수 있다. 가을 옆에 신우와 유정과 현이 있었기에 가을은 기꺼이 변화했다.

야호는 한 번 입은 은혜는 반드시 갚는다. 만약 내게 구슬이 있다면 은혜를 갚고 싶다. 열렬한 응원을 해 준 독자님들과 최고로 멋지고 예쁜 표지를 그려 준 조현아 작가님과 정성스레 책을 함께 만들어 준 박현숙 팀장님께.

나 대신 가을이 해 줄 거다.

"구슬이 말하노니 당신들이 바라는 변화가 생기리라."

2023년 2월 감사를 담아, 김혜정

텍스트T 005

오백 년째 열다섯 2 구슬의 무게

초판 1쇄 발행 2023년 2월 28일 **초판 12쇄 발행** 2024년 9월 13일

글 김혜정
펴낸이 최순영

어린이 문학 팀장 박현숙
키즈 디자인 팀장 이수현
디자인 오세라

펴낸곳 ㈜위즈덤하우스 **출판등록** 2000년 5월 23일 제13-1071호
주소 서울특별시 마포구 양화로 19 합정오피스빌딩 17층
전화 02)2179-5600 **내용문의** 02)2179-5768
홈페이지 www.wisdomhouse.co.kr **전자우편** kids@wisdomhouse.co.kr

ⓒ 김혜정, 2023

ISBN 979-11-6812-580-3 43810